KB254122

정말 잘 지내나요.

사실 난 울고 있는데,

프롤로그

나는 26살, 자퇴가 하고 싶은 공대생이다.

재작년, 형이 죽고 난 이후 정신적으로 피폐해지기 시작했다.
원래도 학교를 종종 빠졌던 나는 극심한 무기력증에 빠져 학교를 거의
나가지 않았다.

살아가는 데에
아무런 목적도, 재미도, 의미도 없었다.
하기 싫은 공부를 억지로 할 이유를 느끼지 못했다.
살고 싶지 않았지만 죽고 싶지도 않았다.

21년 전에 남편을 떠나보내고, 어린 두 아들을 홀로 키워온
엄마가 세상의 반을 잃고 슬퍼하는 모습을 내 두 눈으로 봤다.

이제 세상에 나 밖에 남지 않은 엄마를 남겨두고 세상을 떠나면 안됐다.
이 절망 속에서 살고 싶진 않았지만 혼자서는 벗어날 수가 없었다.

주변에 긍정적인 작용만 하고 살자는,
내 오랜 신념 때문에 주변에는 내 절망을 숨겼다.
지푸라기라도 잡는 심정으로 학교에서 운영하는 심리 상담 센터를 찾아
갔다.

간단한 심리 검사 후 개인상담을 강력 추천받았고, 상담을 진행하면서
우울증 치료를 권유받았다.
병원에 찾아가 우울증 판정을 받고 현재까지 약을 복용하며 치료 중이다.

치료를 하며 삶의 의미를 찾기 위해 노력했다.
살아갈 수 있는 이유를 찾고 싶었다.

하고 싶지 않은 전공 공부 대신,
하고 싶은 것을 찾기 위해 휴학을 했다.

하고 싶은 것을 찾아 헤매었고,
지금 글을 쓰고 있다.

나의 인생을, 나의 감정을 돌아보기 위해서 글을 쓰기 시작했다.

쓰다 보니 누군가 나의 인생을 공감하고 위로를 받는 사람이 있으면
좋겠다는 마음이 생겼다.

책을 내는 것에 의의를 두고 쓰면서, 잘 될 거라 기대는 안 하려고 하지만
잘 됐으면 좋겠다.
공부를 더 이상 해도 되지 않을 이유가 되었으면 좋겠다.

작가가 나의 새로운 꿈이 되었으면 좋겠다.

목차

0. 우울

0. 우울

나는 2018년 8월, 병원에서 우울증 진단을 받았다.

스스로 우울증이 시작된 건 3월쯤부터라 생각한다.

일상을 유지할 수가 없었다.

혼자 버틸 수가 없었다.

우울에 먹혀버렸다.

우울

나는 항상 괜찮았다.

꿈을 포기해도,
사랑에 실패해도,
형에게 맞고 폭언을 들어도,
기억나지 않는 아빠의 목소리가 듣고 싶어도,

형이 죽었을 때도,
나는 괜찮았다.

나는 괜찮아야 했다.

엄마가 무너졌기 때문에 나는 버티고 서있어야 했다.
하지만 나는 그렇게 강하지 않았다.
결국엔 무너졌다.
내가 더 강한 사람이었더라면 버틸 수 있었을까.

내 안에 억눌렸던 감정들이 댐이 무너지듯이 쏟아져 나왔다.
와르르 쏟아져 나오는 감정들을 감당할 수가 없었다.
잘 버텨내고 있다고 타이르며 살아온 끝에 찾아온 건 절망이었다.

희망은 산산조각 났다.
삶의 의미가 전혀 느껴지지 않았다.

아무 목표도 없었고 아무것도 하고 싶지 않았다.

내 삶이 끝없는 어둠 속 밑바닥에 있는 것처럼 느껴졌다.

세상이 원망스러웠다.

내 인생이 그저 실패로 느껴졌다.

매일매일이 의미가 없었다.

내일 다가올 하루에 대한 두려움 때문에,

의미 없는 오늘을 이대로 끝내기 싫은 마음 때문에,

침대에 누워도 잠들 수가 없었다.

그저, 이 고요한 새벽만이 영원하길 바랐다.

항상 가슴이 찢겨져있고 텅 빈 느낌이었다.

극심한 무기력증으로 학교를 거의 나가지 않았다.

빠르게 돌아가는 세상 속에 나 혼자 멈추어있는 것 같았다.

어떠한 생산 활동도 할 의지가 없었다.

그저 엄마에게 생계를 전적으로 의존할 뿐이었다.

엄마가 없었다면, 나는 아마 거리에 내앉게 되었을 것이다.

거리에 있는 사람들도 그들만의 절망을 버티지 못해 거리로 나온 것이겠지.

주변에도 점점 괜찮은 척을 하기가 힘들었다.

점점 웃음이 사라졌다.

내 자신을 추스릴 힘도 없었고 힘들어하는 엄마를 위로할 힘도 없었다.

엄마를 웃으면서 대할 수가 없었다.

내 감정이 새어 나올까 봐 아예 엄마를 마주하지 못했다.

내 모습을 숨기려 아무도 모르는 곳으로 숨어버렸다.

내가 있어 살아갈 수 있는 엄마가 부러웠다.
나는 엄마가 있어 버틸 수 있었지만, 엄마로 인해 일어설 수는 없었다.
엄마를 사랑하지만 엄마가 내 삶의 이유가 되진 못했다.
나는 엄마가 나를 사랑하는 만큼, 엄마를 사랑하진 못한다.

우울에 완전히 잠식되어 이유도 없이 혼자 오열하곤 했다.
TV를 보다가도,
엄마와 전화를 끊고도,
지하철을 타고 가다가 내려서도,
영화를 보고 나서 화장실 안에서도,
쉴 새 없이 쏟아져 나오는 눈물을 참을 수 없었다.

이 힘든 삶을 더 이상 견디고 싶지 않았다.
살고 싶지 않았다.

하지만 나는 죽어선 안됐다.
나만 바라보는 엄마가 세상에 혼자 남겨질 생각에,
나는 그럴 수 없었다.

누군가 대신 내 삶을 끝내주길 바랐다.
한강 다리를 건널 때, 다리가 무너져버리길 바랐다.
횡단보도를 지나갈 때, 달리는 차가 나를 덮치길 바랐다.
버스에서 엔진 진동이 느껴질 때, 엔진이 폭발해버리길 바랐다.
전자레인지가 돌아갈 때, 전자레인지가 터지지 않을까 돌아가는 접시에 가까이 다가가 쳐다봤다.
실수로 현관문을 잠가 놓지 않고 밤에 집에 돌아왔을 때, 집안에서 강도가
나타나 나를 해치길 바랐다.

압도적인 우울함을 도저히 이겨낼 수가 없었다.
내가 너무 가여웠다.
무엇을 위해 살아가야 하는지 알 수 없었다.
혼자서는 아무것도 할 수 없었다.
이대로는 살아가고 싶지 않았다.

누군가 나를 구원해주길 바랐다.

잠식

2017년 8월의 어느 날, 형이 세상을 떠났다.

슬퍼하는 엄마의 모습은 충격적이었다.
엄마의 슬픔을 이해하고 싶었다.

엄마가 죽는 것을 상상해보았다.
상상만으로도 마음이 너무 아팠다.

하지만 내가 엄마를 사랑하는 것보다,
엄마는 나와 형을 사랑한다.

비교도 할 수 없을 만큼.

나는 엄마가 죽어도 저렇게 슬퍼하진 못할 것이다.
엄마가 걱정됐다.

사랑하는, 강한 엄마가 무너진 모습을 처음 봤다.
나라도, 지금만큼은 엄마 옆에 버티고 서있어야 했다.

친구들이, 친척들이 물어봐도 괜찮다고 대답했다.

"괜찮냐?"
"괜찮지, 근데 엄마가 걱정이다."

"철영아, 괜찮니?"
"네. 저는 괜찮은데, 엄마가 걱정이에요."

처음엔 정말 괜찮은 줄 알았다.

형의 장례식 직후엔 엄마와 함께 있었다.
하지만 계속 엄마 옆에만 있을 순 없었다.
일상으로 돌아가야 했다.

돌아온 일상에서 유난스러운 변화는 없었다.
똑같이 밥을 먹고, 수업을 듣고, 친구들을 만나고.
형 얘기를 하지는 않았다.

그러던 어느 날, 만나던 여자친구와 다투었다.
뭐, 연락이 어쩌니저쩌니하는 그런 사소한 다툼.
작은 감정을 소모하고 자취방으로 돌아왔다.

여느 날처럼, 좁은 방 안에 혼자 누워 천장을 바라보았다.
그런데 여느 날과 달리, 낮은 천장이 나를 옥죄었다.
환하게 비추는 전등은 너무 거북해 나를 감추고 싶었다.

소모된 그 작은 감정으로, 내 마음이 무너지기 시작했다.
약하게 내리는 비에 터진 산사태처럼, 마음속에 억눌려 있던 것들이 봇물
터지듯 쏟아졌다.

이유를 알 수 없는 눈물이 불가항력적으로 쏟아지기 시작했다.

거북하게 눈이 부셨지만, 전등을 끌 힘도 없었다.
좁은 자취방 침대에 누워, 한 팔로 눈을 가리고 소리 내어 한참 울었다.

처음 있는 일이었다.

아주 슬픈 영화를 보거나, 장례식장에서나 오열해봤었다.
혼자, 아무것도 하지 않으며 오열해보기는 처음이었다.

처음 겪어본 일이라, 별일 아닐 거로 생각했다.
그냥 조금의 안정만 취하면 될 거로 생각했다.

울음을 그치곤, 일반적인 연애를 하기 힘들다고 판단했다.
연애를 지속하기 위해서는 상대방의 배려가 필요하다고 판단했다.
이미 내 상황을 알고 있지만, 다시 설명하기로 했다.

바로 다음 날, 점심을 먹으면서 잘 설명하려 했다.
막상 만나고 설명하려 하니, 한마디 말도 입 밖에 내지 못했다.

장례식 이후, 형의 죽음을 내 입으로 말해본 적이 없었다.
여자친구는 먼저 만나자 하고는 아무 말 않는 내 눈치를 보기 시작했다.

"할 말 있어? "
"응."
"무슨 말인데? "
"…"

무슨 말이냐 묻는 여자친구를 그냥 앞에 두고, 혼자 생각에 잠겼다.

‘아, 형이 죽었구나.’
‘내 형이 얼마 전에 죽었지.’
‘...’
‘난 이때까지 뭐라고 생각했던 거지? ’

내 현실을 새로이 인식했다.
이때까지 나는 엄마의 아들이 죽은 것쯤으로 받아들였던 것 같다.

나의 형이,
나의 가족이 죽었다는 것을,
그때 뒤늦게 인식했다.

밥을 다 먹고 카페에 가서도, 복잡한 생각만 머릿속에 계속 맴돌았다.
아무 말도 하지 못했다.

“혹시 헤어지고 싶어? ”
“…. 아니...”

여자친구는 한참 동안 말이 없는 내게 말을 걸었다.
헤어지고 싶은 것은 아니었다.

설명하려 했지만, 말을 할 수 없었다.
말을 하려 하면, 목구멍에 걸려 꺼낼 수가 없었다.

만난 지 한 시간이 족히 지나고야, 핸드폰을 꺼내 자판을 치기 시작했다.
도저히 말을 하지 못하겠어서, 글로 써서 보여주기 시작했다.
글을 써서 보여주고, 지우고 다시 쓰고를 반복했다.

'너도 알다시피 얼마 전에 내 형이 죽었잖아.'
'그래서 나는 지금 조금의 감정 소모도 힘들어.'
'어제 너랑 헤어지고 자취방에 혼자 있는데 눈물이 쏟아지더라.'
'너가 잘못했다고 생각하진 않아.'
'내가 너무 힘들어서 그래. 나를 좀 배려해주면 좋겠어.'

점심시간 학교 앞, 사람이 바글바글한 카페였다.
나는 실어증이 걸린 것처럼 말없이 핸드폰 자판을 치다 울어버렸다.
당황한 여자친구는 휴지를 가져다주었다.

"미안해... 괜찮은 줄 알았어..."
"···. 응? "
"힘들다고 말도 안 하고, 티도 안 내서... 힘들어하는 줄 몰랐어..."
"아..."

다시 말문이 막혔다.
말을 안 해도, 티를 안 내도 알 줄 알았다.
다시 머릿곡에 어떤 생각이 맴돌기 시작했다.

'괜찮아 보였구나. 정말 괜찮아 보였나 보구나.'
'자주 보는 여자친구에게 괜찮아 보일 정도면, 다른 사람한텐 ? "
'다른 사람한테는 아무 일도 아니겠구나. 그냥 남 일이니까.'

'하긴, 나도 어제까지 괜찮은 줄 알았는데 다른 사람은 오죽할까.'

이후로, 난 여자친구에게 의지할 생각을 하지 않았다.
힘든 티는 더 내지 않았고, 더불어 다른 감정도 감추게 되었다.
억지로나마 좋은 감정을 표현하면, 소모되는 에너지가 너무 컸다.

그렇게 의지하고 싶지 않은 여자친구를 대하는 내 마음은 메말라갔다.
여자친구도 그런 나를 대하기 힘들어했다.
얼마 지나지 않아 여자친구와 헤어지게 되었다.

아무 일이 없는 하루를 보내기도 벅찼다.
유치하고 발랄한 연애나 하며 소모할 감정 따위는 없었다.
그렇게 쥐고 있던 것들을 하나둘 놓쳐갔다.

과제나 공부는커녕, 출석도 제대로 하지 못했다.
해가 지고 일어나는 일이 잦아졌고, 해가 뜨기 전에 잠들기가 어려웠다.
침대에서 벗어나 샤워하기까지, 몇 시간이 소요됐다.
가만히 누워 배고픔이 극에 달할 때가 되면, 대부분의 식당이 문을 닫을
시간이 되어 있었다.

혼자 있을 때면 언제나, 공허함이 내 주변에 가득 차올랐다.
하루하루 무언가에게 천천히 갉아 먹히는 것 같았다.
일상을 유지하기가 너무 힘들었다.

망가져 가는 일상을 보면서, 누군가에게 의지하고 싶은 마음도 들었다.
하지만 누구에게, 어떻게 의지해야 하는지 몰랐다.

여태까지, 그 누구에게도 힘들다고 의지해본 적이 없었다.

그저 현실을 잊고, 공허함을 외면하려고만 애썼다.
그냥 게임에 몰두하며 현실을 외면하는 시간이 가장 편했다.
웃고 떠들 힘은 없어도, 친구들을 최대한 자주 만났다.

그러던 어느 날, 또 친구들과 술자리를 가졌다.
북적이는 술집의 소란스러운 소음과 많은 사람의 움직임이나 불빛으로
감각을 흐리는 게 차라리 편했다.

간간이 맞장구나 치고, 가짜 웃음이나 지어 보였다.
즐겁게 웃고 떠드는 친구들의 모습이 부럽게만 보였다.
턱을 괴거나 팔짱을 낀 채로, 취해가는 친구들을 지켜보았다.

술자리는 새벽까지 길어졌고, 많은 얘기가 오가다 형제 얘기가 나왔다.
각자 누나가 어떻니, 동생이 어떻니 각자의 형제에 대해 얘기했다.

마음이 좀 불편했다.
그래도 그냥, 가만히 들었다.

남들 다 하는 일반적인 형제 얘기였다.
특수한 나의 상황을 말미암아 끊고 싶지 않았다.
화장실이나 잠깐 다녀올까 생각하던 차에, 술에 가장 많이 취한 친구가
나에게 물었다.

"네가 형제 관계가 어떻게 됐더라? "

"나...? 음..."

무어라 대답해야 할지, 잠시 고민했다.
다른 친구들의 표정을 보니, 모두 내 형제 관계에 대해 잊은 것 같았다.
아무런 의도가 없어 보이는 친구의 말에 사실 그대로 대답했다.

"외동이 됐지."
"..."

내가 말을 하고는 떠들썩하던 술자리에 정적이 흘렀다.
다른 친구들은 서로 놀라 눈치를 보며 어쩔 줄 몰라 하기 시작했다.
그 와중에 질문했던 친구는 내 말과 상황을 이해하지 못했다.

"뭐야, 왜? 왜 그래? "
"야! 그냥 조용히 해! 아... 미안..."
"아니야, 괜찮아."

친구들을 원망하는 마음은 들지 않았다.
비보를 듣고 서울에서 멀리 원주 장례식장까지 기꺼이 찾아와준, 고맙고
좋은 친구들이다.

흔한 형제 얘기도 편하게 하지 못하는 나의 상황 따위는, 그런 친구들도
잠시 잊게 되는 그저 남 일이었다.
그렇다면 내 아픔 또한, 오롯이 나의 것이라는 걸 깨달았다.

누구에게 의지하고 싶은 마음 같은 건 전부 사라져버렸다.

구질구질하게 내 아픔을 털어놓아봤자, 그저 남의 아픔이 될 게 뻔했다.

그 누구도 나를 이해할 수 없을 거로 생각했다.

나는 그렇게 우울에 잠식되어가도 아무것도 하지 못했다.

괜찮은 척을 하기도 점점 힘들어졌다.

아무도 날 찾을 수 없는 곳으로 숨고만 싶었다.

엄마를 챙길 수도 없게 되었다.

엄마 앞에서 괜찮은 척도 할 수가 없었다.

그래도 엄마에게는 망가져 가는 내 모습을 숨겨야 했다.

결국, 엄마 앞에 서는 것을 아예 피하게 되었다.

상담

2018년 3월쯤부터 나는 완전히 우울에 먹혀버린 것 같다.
외면하기에도 너무 아픈 현실이 되어버렸다.
내가 이상해져버린 걸 느끼기 시작했다.

혼자 있다 몇십 분씩 오열하는 일이 종종 있었다.
지하철이나 버스에서 마음이 답답해 도중에 내리기도 했다.
사람 많은 길을 걸으며 오열한 적도 있었다.

의미 없는 매일을,
하루하루 간신히 숨만 쉬며 살았다.

이대로 살아선 안되겠다는 생각이 들었다.
변화가 필요하다고 생각했다.

주변엔 기댈 수 없었다.
남들에게는 별일 아니기에.
괜찮은 척하는 나는, 남들이 보기에 괜찮기에.

지푸라기라도 잡는 심정으로, 학교 심리 상담 센터를 찾아갔다.
상황이 나아질 거란 기대는 하지 않았다.
더 이상 실망하고 싶지 않았다.

더위가 찾아올 때쯤, 쭈뼛거리며 학교 상담 센터를 찾아갔다.

처음엔 마음을 열지 못하고, 1회성 심리검사를 신청했다.

자살 생각이 있냐고 질문을 받기는 처음이었다.
검사 결과 나는 자살 위험은 없다고 판단되었다.

엄마 때문에 죽을 생각은 하지 못했다.
내가 죽으면 엄마의 삶은 사라져버릴 게 뻔했다.

상담 선생님은 검사 결과를 얘기하면서 나의 상황을 듣고는 개인 상담을
강력 추천했다.
나에게 나타나는 지속적인 우울, 극심한 무기력, 삶의 의지 상실 등은
우울증의 증상이라고 했다.

그리고 선생님은 사람마다 감정의 주머니가 있다고 얘기해주었다.
그 주머니의 크기는 사람마다 다르다고 한다.
감정이 쌓여 주머니가 넘치게 되면, 마음의 병으로 나타나게 된다고 한다.
느끼는 감정의 크기가 중요한 것이 아니라, 그 사람의 주머니의 크기가
중요하다고.

이 얘기가 참 인상 깊었다.
내 주머니는 터져버렸다고 생각했다.

개인 상담을 진행하기로 결정했다.
어차피 학교라 경제적인 부담도 없었다.
아무것도 하지 않는다 한들, 덧없이 시간만 흘려보낼 뿐이었다.

뻔한 위로를 받고 싶은 마음은 추호도 없었다.
그저 내 마음을 털어 놓을 수 있고, 손이라도 잡아주면 다행이라 생각했다.
아픔을 항상 혼자 버티고 이겨내와서, 상담 같은 것에 신뢰가 없었다.
나는 힘내라는 말 따위나 건네려나 예상해보며 텅 빈 마음으로 첫 상담을
하러 갔다.

개인 상담은 검사 때와 다른 새로운 선생님을 만났다.
상담 선생님은 먼저, 나에게 왜 이곳을 찾아왔는지 물었다.

"음... 너무 우울해서요..."
"어떻게 우울해요? "
"아무것도 하고 싶지 않고... 삶에 의미가 전혀 느껴지지 않아요..."
"언제부터 그런 것 같아요? "
"무기력했던 건 되게 오래됐는데, 이렇게 심해진 건 3월쯤부터
그랬어요."
"왜 그렇게 생각해요? "
"혼자 있어도 눈물이 막 쏟아지면서 소리내어 울고... 전엔 이런 적이 없
었거든요..."
"음... 이유가 뭔 거 같아요? "
"형이 죽은 게 영향이 큰 거 같아요..."
"형이 죽었을 때, 마음이 어땠나요? "

선생님은 내게 무슨 말을 건네기보단, 계속해서 질문했다.
선생님의 질문을 따라, 나는 내면을 파고 들어가게 되었다.
나의 내면을 천천히 해부하면서, 내 감정을 자세히 들여다보기 시작했다.

마음을 물어보고, 그 마음의 이유를 물어봤다.
이유가 되는 상황을 더듬어 찾으면, 그 때의 마음을 다시 물어봤다.

상담 초반에는, 주로 형에 대해 얘기했다.

나는 형을 사랑하지 않았다.
오래도록 깊게 증오했다.

어렸을 때부터 형은 나에게 폭언과 폭력을 일삼았다.
그 기억들은 나에게 큰 트라우마로 남았고 나는 형을 증오하게 되었다.

그래서 나는, 형이 죽었을 때 무너지지 않았다.
세상을 잃은 듯 슬퍼하는 엄마만 보였다.
그리고 나는 쓰러지지 않아야겠다고 다짐했었다.
엄마가 느끼고 있는 슬픔은, 내가 죽을 때까지 느끼지 못할 슬픔이라고
생각했기 때문에.
나의 형이 죽은 것이 아닌
엄마의 아들이 죽은 것이었다.

내 자신은 전혀 살피지 못했다.
그렇게 버티던 나는 뒤늦게 나의 형의 죽음을 인식하게 되었다.

사랑하지도 않았고 일 년에 겨우 한두 번 봤던 형의 죽음 자체는 나를
슬프게 하지 않았다.

하지만 이제 형의 학대로 생긴 수많은 트라우마는 온전히 나만의 것이

되었다.

나에게 용서받아야하는 사람이 사라졌다.

나에게 용서받지 않고, 멋대로 용서할 기회를 박탈해버렸다.

또한, 24살이 되는 해에 겪은 두 번째 가족의 상실이었다.

내가 태어났을 때, 나는 우리 가족의 네 번째 구성원이었다.

하지만, 이제 엄마밖에 남지 않게 되었다.

그 사실을 받아들이기가 너무 힘들었다.

상담 선생님과 나는, 트라우마를 섬세하고 깊게 살펴보았다.

그 과정에서, 나는 나도 모르게 위로를 받고 있었다.

몇 번의 상담 뒤에는 나아지고 싶다는 의지가 생겨났다.

나아질 수 있는 방법에 대해 생각하기 시작했다.

상담센터에 대한 신뢰가 생겼고, 이제 병원에 관심이 생겼다.

병원에 가면 더 나아질 수 있을지 궁금했다.

상담 선생님에게 정신과에 찾아가는 것에 대해 물어봤다.

"선생님, 우울증 약을 먹으면 어떻게 되나요? "

"우울증에 걸리게 되면 몸의 여러가지 기능이 떨어져요. 근데 약을 먹으면 떨어진 몸의 기능이 올라가게 돼요. 일상으로 돌아갈 힘이 생기도록."

"아... 저 진료 받아보는 게 좋을까요? "

"음... 결정은 철영 씨가 하는거지만, 저는 철영 씨가 치료를 병행했으면 좋겠어요. 많은 도움이 될거예요."

“네, 알겠습니다. 감사합니다.”

병원에 가면 좋을 것 같다는 생각은 들었다.
하지만, 어느 병원이 나에게 좋은 병원일지 알 수 없었다.
감기에 걸렸을 때처럼 가벼운 마음으로 가기가, 여간 쉬운 게 아니었다.

2주 동안 뚜렷한 방법을 찾지 못하고, 다음 상담 시간이 되었다.
상담이 끝날 무렵, 선생님은 나에게 근처에 있는 정신과 병원 리스트를
건네주셨다.

“후기가 있다거나 검증을 거치거나 한 것은 아니라, 어디가 좋은지 추천
같은 건 따로 못해주겠어요. 미안해요.”
“아, 아니에요. 충분히 감사해요, 선생님.”

선생님의 관심과 정성에 용기를 얻었고, 그냥 가장 크고 가까운 곳에 가
기로 결심했다.
리스트에 있는, 다니는 학교의 대학병원으로 전화했다.

“네, 정신건강의학과입니다.”
“네... 진료 예약을 하고 싶어서요...”
“어떤 증상으로 진료 받으시려고요? ”
“우울증이요...”
“네. 오실 때, 신분증하고 작은 병원에서 큰 병원으로 가야된다는
진단서 받아오셔야 돼요~”

내가 우울증이라고 처음 말해봤다.

우울증은 감기나 골절처럼 증상이 겉으로 보이지 않는다.

나는 내가 우울증이 맞는지 아닌지 확신할 수 없었다.
많이 우울한 사람이라고만 생각하고, 우울증이라고 생각하진 않으려
했었다.

그렇게 집 앞 병원의 진단서를 들고, 정신과를 찾아갔다.

치료

"안녕하세요..."
"네, 성함하고 생년월일 적어서 주세요."

앞에 있는 작은 종이에 이름과 생년월일을 적어냈다.

"박철영님? 초진이시네요? "
"네."
"진단서 준비해오셨죠? 진단서 주시고 잠시만 앉아서 기다리세요~"
"네."

처음 찾아간 정신건강의학과는 생각보다 사람도 많고 꽤 어수선했다.
잠시 후, 간호사에 부름에 다시 데스크로 갔다.
바빠보이는 간호사는 모니터를 쳐다보고, 서류에 무언가 적으며 말했다.

"박철영님, 초진이라 저 선생님 따라가서 검사부터 진행하실게요~"
"아, 네."

수척해보이는 의사 한 명을 따라, 작은 방에 들어갔다.
심리 검사를 받을 때처럼, 주어진 표에 체크하고 질문을 받기 시작했다.

"가족 관계가 어떻게 되세요? "
"5살 때 아버지가 돌아가시고, 작년에 형이 죽었습니다."
"사고였나요? "

"자살... 했습니다."
"방법은요? "

아직 자살이라는 말이 익숙하지 않은 나와 달리, 의사는 동요없이 내게
질문을 이어갔다.

"네? 아... 목매달아서요..."
"직접 발견했나요? "
"아니요... 어머니가요..."
"네... 정신과는 처음 와 보신 거고요? "
"네..."
"어머니는 진료 받고 계시나요? "
"모르겠어요..."
"잠은 잘 자요? "
"아니요."
"자살 생각이 있거나 시도하신 적 있으세요? "
"살고 싶진 않은데, 자살할 생각은 없어요."

검사를 진행하다 문득, 젊은 의사의 이름표가 눈에 들어왔다.

'레지던트 박**'

검사를 진행한 레지던트의 이름은 죽은 형의 이름과 같았다.
누군가 날 괴롭히려고 연출한 것 같았다.

길지 않은 검사를 마치고, 다시 대기실에 앉아 기다렸다.

대기실에 앉아 있는 사람들은 겉보기에 다 평범해보였다.

잠시 후, 간호사의 부름에 진료실에 들어갔다.
교수는 내게 간단히 인사를 하고, 컴퓨터 모니터를 쳐다봤다.

"5세 때 아버지가 돌아가셨고... 작년에 형이 자살했고... 지속적인
우울... 무기력증... 의지박약... 우울증 증상이 다 있네요."
"..."
"자살 생각은 없고? "
"네..."
"잠도 잘 못 자고? "
"네."
"요즘 어떻게 지내요? "
"아무것도 안 하고 지내요... 아무것도 하고 싶지 않고..."
"음... 일단 일주일치 약 처방해드릴게요. 우울증 약이 부작용이 있을 수
있어서 일단 반 개씩 일주일만 먹어보고, 다음 처방 결정합시다."
"네? 아... 네..."
"외출 자주 해요? "
"잘 안 합니다..."
"하루에 한 번이라도 나가서 30분씩 걸으려고 하세요. 집에만 있으면
더 안 좋아져요."
"네. 알겠습니다."
"나가서, 이 종이 간호사 보여드리면 됩니다."
"네, 감사합니다."

내 마음을 열어준 상담 센터와 달리, 병원은 기대 이하였다.

감기에 걸려 병원을 찾았다고 착각할 만큼 진료가 간단히 끝났다.
사람이 바글바글한 대학 병원은 공장처럼 돌아갔다.

저녁부터 약을 먹기 시작했다.
아침엔 세 알, 저녁엔 두 알.

다른 약과 분리된 불면증 약은 먹지 않았다.
자기 전에 먹어야 하는데, 내가 언제 자야할 지 알 수 없었다.
잠에 들고 싶지 않았고, 잠에 들기 두려웠다.

오늘 하루를 아무것도 하지 않고 보낸 아쉬움에 잠자리에 들 수 없었다.
아무 일도 일어나지 않는 것 같은 새벽의 고요함이 진통제 같았다.
잠에 들면, 새벽이 끝나고 다시 내일 아침이 찾아오는게 두려웠다.

부작용이 있을까 며칠간 몸의 신경에 집중했다.
입이 바짝바짝 마르는 것 말고는 크게 불편한 점은 없었다.

그리고 다시 병원을 찾았다.

"괜찮았어요? "
"그냥 똑같았어요."
"약은? "
"입이 마르는 것 빼고는 괜찮았어요."
"음... 그럼 2주일 더 먹어보고 다시 결정합시다."
"네."
"매일 30분씩 걷고."

"네. 감사합니다."

두 번째 진료는 훨씬 빨리 끝났다.
그냥 병원은 약 타러 가는 곳이라고 생각하기로 했다.
약을 먹기 시작해서인지 뭔가 기분이 나아진 느낌이 들었다.

밖에서 약을 먹을 땐, 최대한 안보이게 먹었다.
누가 약을 먹는 걸 보고 물어보면, 그냥 감기약이라고 대답했다.

상담을 하는 것도 도움이 많이 되었다.
상담을 하러 가면 내가 치료되는 느낌이 들어 좋았다.

"철영 씨~ 안녕하세요. 잘 지냈어요? "
"음... 예전보단 잘 지내는 거 같아요."
"병원은 가봤어요? "
"네... 약 먹고 있어요."
"병원은 어때요? "
"음... 병원 진료가 도움되는 지 모르겠어요."
"왜요? "
"진료가 되게 간단하고 빠르게 진행되더라고요."
"음... 그건 대학 병원이라 그럴 거예요. 찾아오는 사람이 워낙 많아서.
병원 가는 게 별로 도움 안되는 것 같아요? "
"아, 아니요. 일단 약은 먹는 게 좋을 것 같아요. 그리고 상담은 일단 하
고 있으니깐, 괜찮은 것 같아요."

병원을 다녀오고 나니, 상담 선생님에 대한 감사한 마음이 더 커졌다.

일을 하다 만났을 뿐이라, 적당한 성의만 보일 수도 있을 거라 생각했다.

하지만, 선생님의 공감에서 진심을 느꼈고 너무 큰 위로를 받았다.
내가 울면 그칠 때까지 조용히 지켜보며 때론 눈물을 훔치시곤 했다.
내가 다시 일어날 수 있도록 최선을 다하는 마음이 느껴졌다.

"제가 처음에 상담 센터 올 때는 아무 기대도 안 하고 왔었어요. 별 도움
안 될 거라고 생각했어요."
"그게 좋아요~ 오히려 기대하고 오면 실망할 수 있거든요."
"아, 그렇군요. 그때는 너무 절망적이어서 어떻게 하더라도 빠져나올
수 없을 것 같았어요. 그래서 아무것도 하지 않았고요."
"아니에요~ 철영씨 아무것도 안 하지 않았어요~"
"네? "
"상담 센터에 온 것도, 병원에 간 것도 철영 씨가 직접 한 거잖아요~! 누
가 억지로 데려간 게 아니잖아요~"

단 한 번도 그렇게 생각해보지 않았다.
긴 시간 우울에 잠식되도록 방치했고, 깊은 절망에 빠져 아무것도 하지
않았다고만 생각했다.

"아... 그러네요..."
"잘했어요."

눈물이 쏟아졌다.

'아... 사실 나는 나아지고 싶었구나.'

‘상담 센터에 온 것도, 병원에 간 것도 내 의지였구나.’
‘나를 구한 건 결국에 나였구나.’

선생님은 내가 울음을 그칠 때까지 기다려리곤 질문했다.

“철영 씨는 울 때도 왜 이렇게 조용히 울어요? 막 소리 내서 울어도
되는데.”
“네? 아... 그냥 누구 앞에서는 못 그러겠어요.”
“음...”
“다른 사람들은 소리 내서 우나요? ”
“그럼요~ 오열하시는 분들 많아요~”
“아...”

감정에 솔직하지 못한 걸까.
난 도저히 누구 앞에서 소리내고 우는 걸 못할 것 같다.

“철영 씨는 좀 특이한 거 같아요. 철영 씨가 겪은 일이 담담하게 얘기할
내용이 아닌데, 남 얘기하듯이 얘기하고요.”
“그런가요...”
“감정에 더 솔직해져도 돼요.”
“남들 앞에서는 못 그러겠어요.”
“왜요? ”
“어렸을 때부터 습관인 것 같아요.”
“남들한테 의지하기 싫은? ”
“음... 네. 다른 사람들이 저로 인해 부정적인 영향을 받게 하고 싶지
않아요.”

“혼자서 이겨낼 수 없는 건 의지해도 돼요! 물론, 정도가 심하면
안 되겠지만.”

주변 사람에게 부정적인 감정을 내비치지 않는 데에 거의 집착했었다.
사람들에게 좋은 영향만 주는 사람이 되고 싶었다.
하지만, 내가 무너질 수도 있다는 건 생각해보지 않았다.

“네... 그런데 엄마한테는 절대 못하겠어요.”
“음... 못하면 어쩔 수 없죠.”

상담을 하면서 나에 대해서도 더 알게 되었다.

힘든 얘기를 할 때는 시선이 아래로 향한다는 것,
무거운 얘기를 할 때는 목소리가 떨린다는 것,
항상 남 얘기하듯 담담하게 말한다는 것 같은.

그리고 내 우울과 제대로 마주할 수 있을 것 같았다.
내 트라우마를 다 파헤치고 우울의 원인을 찾기로 했다.

그러면 해결책이 나올 것 같았다.
우울에서 벗어날 수 있을 거란 생각이 들었다.

우울에서 벗어나고 싶었다.

1. 가족

"오늘은 하고 싶은 얘기 생각해온 거 있어요?"

"음... 오늘은 아버지 얘기를 하고 싶어요."

"그래요. 아버지 돌아가셨을 때 얘기부터 할까요?"

"네."

아빠의 죽음

1998년에 경찰관이었던 아빠가 순직했다.

그 날은, 기록적인 집중 호우로 홍수가 났었다고 한다.
긴급 출동 상황이 발생했고, 급류에 휩쓸렸다고 들었다.

내 기억 속에는 딱 두 장면에만 아빠가 남아있다.
움직임은 없는, 초점 잃은 사진들처럼.

한 장면에서는 퇴근하는 아빠에게 내가 목마를 태워달라고 뛰어나간다.
그런 나를 엄마가 옆에서 말리고, 피곤해하는 아빠는 못 이기는 척 나를
번쩍 들어올려 목마를 태워준다.
어렴풋하게 어린 나는 아빠 위에 올라타는 것을 매우 좋아했었다.

나머지 한 장면은 외가에 갔을 때다.
아빠가 작은 우물에서 잠자리채로 큰 개구리를 잡아 올린다.
어린 나는 그런 아빠를 슈퍼맨처럼 생각한 것 같다.

21년 전의 기억 속엔 아무 음성도 없다.
남아있는 영상도 없기 때문에 나는 아빠의 목소리를 모른다.
남아 있는 20년도 넘은 낡은 사진들을 통해 얼굴만 알고 있을 뿐이다.

어린 나는 죽음을 이해하지 못했다.

전혀 기억나지 않는 아빠의 장례식에서, 나는 친척 어른들 사이에서
뛰어놀았다고 한다.
아빠를 다시 볼 수 없는지도 모르고.

얼마가 지난 후 집에 냉장고 수리기사가 방문하여 사진이 있는 명함을
놓고 갔다고 한다.
나는 그 명함을 보고는 엄마에게 아빠 거냐고 물어봤단다.
엄마는 너무 속상해 아빠도 못 알아보냐고 어린 나를 꾸짖었다고 한다.

그런 나를 보고 엄마는 무슨 생각을 했을까.
엄마의 가슴은 얼마나 찢어졌을까.

나는 기억나는 때부터 중학생이 되어서까지, 아빠를 말로 뱉으면 눈물이
터져 나왔다.
파블로프의 개처럼 그냥 말을 하기만 해도 울었다.

나에게 '아빠'는 그저 슬픈 단어였다.

어린 시절

전업주부였던 엄마는 5살, 8살 두 아들과 가혹한 세상을 살아가야 했다.

엄마는 후년에 재수학원을 등록했다.
그 해에 수능을 보고, 대구대학교 특수교육학과에 입학했다.

우리 엄마는 66년생에 00학번이다.
그때 나는 7살이었다.

그때 나는 상황을 온전히 이해하진 못했지만, 엄마가 힘들다는 것만은
알았다.
그래서 엄마를 힘들게 하면 안 되겠다고 생각했다.

엄마를 기쁘게 하고 자랑스러운 아들이 되어야겠다고 생각했다.

나는 학교에서도 항상 바른 아이였다.
친구들과도 잘 어울리고 선생님들 말도 잘 듣는 아이였다.

그리고 형은 언젠가부터 나에게 폭언과 폭력을 일삼았다.
어린 나이에 3살 위의 형에게 거역할 마음은 생기지 않았다.

주로 엄마가 없는 시간에 많이 맞았다.
나는 맞을 때마다 엄마의 몸이 두 개면 좋겠다고 생각했다.

학교에서 공부를 하는 엄마와
집에서 나를 지켜주는 엄마.

오로지 엄마에게만 사랑을 받았기 때문일까.
나는 엄마가 너무 좋았다.

그런 엄마에게 상처가 될 말은 죽어도 하기 싫었다.
형에게 아무리 맞아도 나는 그 사실을 엄마에게는 얘기하지 않았다.
형의 폭력은 고스란히 나의 몫이었다.

형은 엄마가 없을 때만 나를 때렸던 것은 아니다.
엄마 앞에서도 나와 형은 종종 싸웠다.
하루는 형과 내가 싸우는 것을 보고 엄마가 폭발했다.

내가 좋아하는 엄마는 의자를 내던지면서 다 같이 죽자고 소리를 질렀다.
우리를 베란다로 끌고 나가며 그냥 뛰어내리자고.
아니면 가스줄을 자르고 다 같이 죽자고 소리 질렀다.

나는 엄마가 실행에 옮길까 봐 무섭진 않았다.
착한 엄마가 낯설게 무서운 소리를 하는 게 무서웠다.

엄마에게
잘못했다고,
다신 싸우지 않겠다고,
하지 말라고,
울면서 소리 질렀던 것 같다.

엄마는 내 방에 딸려있는 작은 베란다에서 임용고시 공부를 했다.
작은 상을 놓고 스탠드를 켜놓고 공부했다.

나는 침대 옆 불투명 유리로 비치는 스탠드 불빛이 좋았다.
엄마가 옆에 있다는 것이 느껴졌다.
스탠드 불빛이 켜져 있으면 항상 베란다 유리에 기대어 잠들었다.

엄마는 임용고시에 세 번만에 합격했다.

그때, 나는 초등학교 6학년이었다.
나는 엄마가 더 이상 공부를 하지 않아도 되는 것이 좋았다.

엄마가 선생님이 된 것보다,
8년 만에 우리 집에 안정적인 수입이 생긴 것보다,
엄마가 더 이상 공부를 하지 않아도 된다는 게 좋았다.

우리 집은 이때부터 안정을 찾은 것 같다.
하지만 엄마는 힘든 시기를 이겨내는 동안에 양육에 집중하지 못했다.

나와 형 사이는 돌이킬 수 없을 만큼 틀어져있었다.

형

형은 권위적이고 무책임하고 배려심과 공감능력이 없는 사람이었다.

형은 항상 나를 자신의 소유물인 듯 대했다.
덩치가 커가면서 형의 가혹행위도 심해져갔다.

초등학교 5학년 때, 친구를 집에 데려와 같이 컴퓨터를 하려고 했다.
친구와 체스를 두면서 말없이 형이 컴퓨터를 그만하기를 기다렸다.
형이 컴퓨터 게임에서 지더니, 욕을 하며 키보드를 내려쳤다.
그리고 나에게 다가와 머리를 세게 후려치고 옆에 있는 두루마리 휴지를
걷어차며 정리 좀 하라며 소리쳤다.

중학교 3학년 때는 특목고 입시 준비를 한다고 A4 500장은 될만한 문제
종이 더미를 거실 탁자 위에 올려놨었다.
밖에 나갔다 돌아오니 내 방에 종이들이 누가 던진 듯 흩뜨려져 있었다.
내 물건이 거실에 있다고 그 종이 더미를 내 방에 던져놨었던 것이었다.

고등학교 2학년 때, 친구와 일본 여행을 갔었다.
엄마의 선물을 고르다가, 형의 생일이 얼마 남지 않았다는 게 생각났다.
정말 싫어하는 사람이지만, 인류애로 싸구려 시계를 하나 사서 선물로
줬다.
그리고 며칠 뒤, 내가 예능 프로그램을 지웠다고 또 폭언을 하기 시작했다.
분이 안 풀렸는지 선물로 줬던 시계를 가져와 나에게 돌려주며 말했다.

"너 같은 쓰레기한테 선물 같은 거 안 받아."
"개도 가족은 알아보는데 너는 개만도 못해."

오로지, 불법 다운로드한 예능 프로그램 몇 개를 지웠다고 들은 소리다.
이 땐 엄마도 옆에서 보고 있는 상황이었다.

이런 에피소드들이 매우 많고, 기억나지 않는 것까지 하면 셀 수도
없을 것이다.

나는 자연스럽게 형을 혐오하게 되었다.
중학교 1학년 이후로 형의 전화번호를 등록해놓지도 않았다.
번호를 몰랐기 때문에 서로 연락을 하지도 않았다.

형과 집에 있는 것이 항상 싫었다.
형이 있으면 나는 방에 있거나 밖으로 나갔다.
할 게 없어도 그냥 나갔다.

혼자 피시방을 가기도 하고, 동네를 정처 없이 떠돌기도 했다.
나는 습관처럼 집에 있는 것을 싫어하게 되었다.

하루는 친구 집에 게임을 하러 놀러간 적이 있었는데 친구의 형이 컴퓨
터를 하고 있었다.
친구의 형은 나와 친구에게 컴퓨터를 양보해주고, 부탁하지도 않았는데
나와 친구에게 돈까스를 데워서 주었다.

나는 처음 보는 그런 '형'의 행동에 너무 놀랐고, 너무 따뜻했다.

처음 느껴보는 '형'의 따뜻함에 눈물이 나올 것 같았다.
친구 앞에서 나는 눈물을 삼키며 돈까스를 먹었다.

고등학교 1학년이 되자 형은 지방대에 갔다.
그리고 종종 주말에만 집에 올라왔다.

이때부터, 형이 올라올지도 모르는 금요일엔 집에 들어서면 가장 먼저
형의 신발이 있는지 확인했다.
형의 신발이 있으면 곧장 방으로 들어갔다.

형이 군대를 갔던 고 2, 고 3은 집에 가는 것이 망설여지지 않았던 유일한
시기였다.

재수할 때 쌓였던 앙금이 터졌다.
추석 즈음, 엄마가 학교 일로 연수를 떠나 이주 정도 집이 비어있을 때
금요일이었다.

금요일은 여전히 형이 돌아올 수 있는 날이었다.
나는 원래 금요일이면 어떻게든 밖에서 시간을 보내다 밤늦게 집을 들어와
바로 잠을 자버리곤 했다.

그날은 유난히 피곤하여 일찍 귀가했다.
집에 있는지 없는지 모르지만, 절대 형과 저녁을 같이 먹고 싶지 않았다.
집 앞에서 저녁으로 먹을 밥을 포장해갔다.
현관문을 열고 형의 신발을 확인하자마자 나는 조용히 방 안으로 들어
갔다.

형이 거실에서 나에게 저녁을 시켜 먹자고 물어봤다.
나는 내가 먹을 걸 사서 들어왔다고 얘기했다.
내 말이 들리지 않았는지 거실에서 욕을 하며 소리쳤다.

"밥 뭐 시켜 먹자고! 개새끼야!"

기분이 상한 나는 똑같이 소리를 질러 대답했다.

"밖에서 포장해왔다고!"

그리고 방 안에서 밥을 먹는데, 열어놓은 창문 때문에 바람이 불어 문이
세게 닫혔다.
형이 방으로 들어오더니 왜 문을 세게 닫냐며 욕을 퍼부었다.
나는 바람 때문에 닫힌 거라고 설명했다.

형이 내 방을 나가고 나는 분하고 억울한 마음을 참을 수가 없었다.
형의 방에 찾아가 화내며 말했다.

"내가 뭘 잘못했다고 맨날 말을 그딴 식으로 하는 건데. 나 내년부터는
형이랑 의절하고 나가 살 거야."

방문을 세게 닫고 내 방으로 돌아왔다.
거의 처음으로 내 감정을 표출했더니 속이 다 시원했다.

예상과 달리, 형에게서 바로 반응이 나오지 않았다.
조금 늦은 타이밍에 어김없이 내 방문을 발로 차며 들어왔다.

"너 뭐라고 했냐 방금? 다시 말해봐"

나의 가슴을 밀치고 뺨을 때리며 계속 말했다.

"다시 말해보라고."
"때리지 마."
"다시 말해봐"
"때리지 말라고. 의절할 거라고 했다."

욕을 퍼부으며 날 마구 때리기 시작했다.
몇 대 맞으며 뒤로 물러서던 나는 침대 위로 밀려났다.
도저히 맞고만 있고 싶지 않아 침대 위에서 형의 가슴팍을 발바닥으로
세게 찼다.

처음으로 형을 때렸다.
형은 적잖이 충격 받은 표정을 지었다.

잠시 가만히 서있더니, 내가 마시던 우유를 나에게 힘껏 던지고 방을
뛰쳐나갔다.
무기를 찾으러 간 것으로 예상됐다.

나는 방문을 잠갔고 형은 다시 와서 내 방문을 발로 차며 계속 소리
질렀다.

"열어!! 열라고 개새끼야!! 야 이 씨발놈아!!"

별의별 욕을 다 들었다.
당연히 문은 열지 않았다.

그렇게 몇 십분을 방문에서 대치했을까.
중간중간 방문 밖에서 쇳소리도 들렸다.

형은 방문을 열지 않으면 창문 밖으로 뛰어내리겠다며 이상한 궤변을 펼쳤다.
나는 그 궤변을 믿지 않았지만 나라고 내 방 안에서만 계속 살아갈 순 없었기 때문에 방문을 열었다.

설마 했는데, 쇳소리의 정체는 식칼 소리였다.
형은 한 손에 식칼을 들고 다른 한 손으로 내 뺨을 때렸다.

이내 이성을 찾았는지 칼은 바닥에 던졌다.
그러면서 내가 의절하자고 말했기 때문에 자신이 칼을 꺼내온 거라며 나를 탓했다.
그리고 하는 말은 역시나 어이가 없었다.

"내가 아빠 때렸으면 볼만했겠다? 그치? "

만들어진 기억 속에 미화되어 있는 나의 아빠를 욕 보이는 것 같았다.

나는 족히 10년은, 맞기만 하고 별의별 폭언을 다 들었다.
그런 나한테 한 대 맞고, 의절하자는 말을 들은 것이 그렇게 이해할 수 없는 건가 싶었다.

뜬금없이 나에게 친구들과 자신의 험담을 하냐고 물었다.
당연히, 한다고 대답했다.
굉장히 어이없어 하면서 며칠 전에 집에 찾아왔던 내 친구들과도 험담을
했냐고 물었다.
부정하지 않았다.

이번엔 내 친구들을 욕 보였다.

"네 친구 새끼들 이제 집에 데려오면 배때지 칼로 쑤셔버린다."

친구들에게도 너무 미안했다.

그리고 의절하고 싶으면 나보고 성도 바꾸고 집을 나가라고 했다.
집은 알아서 나갈 생각이었는데 성은 왜 바꾸라는 건지 처음부터 끝까지
이해할 수 없는 말뿐 이었다.
부서진 문은 내 잘못이니 엄마가 돌아오기 전에 고쳐놓으라고 했다.
말 같지도 않은 소리들을 좀 듣다 보니 사태가 일단락되었다.

그날 늦은 밤에, 내 방을 찾아와 대화를 하자며 나오라고 했다.
대화가 통하지 않는 걸 알지만, 거부하면 유혈사태가 일어날 것이 뻔해
대화를 시작했다.

"서로 잘못한 건 사과하자. 흥분해서 칼 들고 온건 잘못했다."

미안한 게 없었지만 미안한 척했다.

"의절하자고 한 거 미안해."

"또 미안한 거 없냐? "

"뭐? 없는데? "

"때린 건 안 미안하냐? "

"한 대 때리고 엄청 맞았는데? "

"난 형이잖아."

"...? "

"조선 시대였으면 넌 나한테 이딴 식으로 못 해."

"조선 시대가 아니잖아..."

"실질적으로 이 집의 가장은 나 아니냐? "

"엄마지... 무슨..."

"내가 집에서 나이 제일 많은 남자잖아."

"그게 뭐..."

"세대주도 내 이름으로 되어있잖아."

"아니..."

형이 놀러 왔던 친구와는 뭐라고 험담을 했냐고 물었다.
그냥 과거 에피소드 한두 개 얘기해줬다고 했더니 믿지 않았다.
축소해서 얘기한 것은 맞았다.
사실대로 얘기하면 뇨발대발 할게 뻔했기 때문에.

"거짓말 좀 하지마. 말로는 뭐라고 못하냐. 난 말로는 올해 수능봐서
서울대도 갈 수도 있어."

이게 재수하는 내 앞에서 할 말인가 싶었다.
역시 대화가 이루어질 수가 없었다.

다른 얘기를 하기 시작했다.

"너 어떻게 형한테 의절하자는 말을 하냐? "
"형은 어떻게 동생한테 칼을 들이미는데? "
"하... 칼 가져온 건 나도 잘못한 일인데... 동생이 형한테 그런 말을
하면 안 되지."
"동생은 형한테 10년 넘게 맞고 별 욕을 다 들어도 그런 말을 하면 안
되는 거야? "
"어. 동생은 형한테 그러면 안 돼."
"형이 동생을 때리고 욕하는 건 되고? "
"야, 형은 동생 때리고 욕하기도 하잖아. 네 친구들은 안 그래? "
"하... 진짜..."

자신의 업보는 별일 아닌 것처럼 얘기하기에, 내 트라우마를 몇 개
얘기해주었다.
그런 말을 했었냐고 기억이 안 난다고 했다.
본인은 남자다워서 입이 거칠다고 이해하라고 하면서.

"제발 욕 좀 하지마."
"나한테 설교하냐? "

의미 없는 대화가 계속 쳇바퀴처럼 돌았다.
형이 갑자기 손에 쥐고 있던 모나미 볼펜을 벽에 세게 던졌다.

"아, 씨발새끼가 존나 이겨먹을라고 하네. 너는 형이 화해하려고
먼저 대화하자고 하는데, 그딴 식으로 밖에 말 못 하냐? "

말 같지도 않은 소리는 멈추지 않았다.

"오늘 네가 나한테 한 짓 죽을 때까지 잊지 마라. 나도 안 잊는다.
내가 이때까지 너한테 욕하고 그런 건 가족이니까 잊고. 피해망상
좀 그만해."

피해망상의 뜻을 모르는 것 같았다.
그렇게 그날 회담은 끝이 났다.

그래도 형이 나에게 대화를 '시도'했다는 점에서 나는 큰 발전을 느꼈다.

주말에 엄마가 돌아와 몇십 분간의 사투로 걸레짝이 된 내 방문을 봤다.
충격받은 엄마는 나와 형을 불러내어 도대체 무슨 일이 있었던 것인지
설명해보라고 했다.
형은 둘이 싸웠다고 대충 얼버무렸다.

둘을 돌려보낸 후, 엄마는 조용히 나만 다시 불러냈다.
정확히 무슨 일이 있었냐고 물어봤다.
나는 칼에 대한 얘기만 제외하고 엄마에게 모두 얘기했다.
그래도 화해했다며, 형이 먼저 대화를 하자고 했다며 엄마를 안심시키려
했다.

형은 다시 학교로 돌아갔고, 몇 주가 지나 다시 집으로 돌아왔다.
내가 독서실에서 집으로 돌아왔을 때, 엄마는 저녁을 준비하고 있었고
형은 샤워 중이었다.
나는 엄마가 요리하는 것을 옆에서 도와주고 있었다.

형이 샤워하던 도중에 문을 살짝 열고 나를 불렀다.

“야, 박철영 일로 와봐.”
“왜? ”
“야, 개새끼야. 샴푸를 다 썼으면 새 걸로 다시 가져다 놔야 될 거 아니야.”
“어? ”
“샴푸 새 거 왜 안 갖다 놨냐고 씨발놈아.”
“아... 샴푸...? …. 미안...”

엄마도 옆에서 듣고 있었다.

“너 동생한테 말하는 게 그게 뭐야!”
“이 새끼가 샴푸를 안 갖다 놨잖아.”

형은 샤워를 마저 하러 문을 닫았다.
대화를 시도했다는 것에 희망을 보았던 내가 한심했다.

밤이 되고 자려고 침대에 누웠는데, 옆방에서 형이 게임하는 소리가
들려왔다.
다른 날도 많이 들어온 소리였지만, 그날따라 소리가 더 컸다.

전혀 잠을 청할 수가 없었고 뜬 눈으로 천장만 쳐다보았다.
머릿속엔 생각이 맴돌기 시작했다.

‘저 인간은 나를 어떻게 생각하는 걸까.’
‘내가 재수생이라는 건 아는 건가? ’

'샴푸 안 갖다 놨다고 오늘은 소리를 더 키우고 하는 건가? '
'진짜 너무 싫다.'
'더 이상 같이 살기 싫다.'

생각할수록 원망이 커져갔고 피가 거꾸로 솟는다는 걸 처음 느꼈다.
그 새벽에 피가 머리로 쏠리는 느낌이 들면서 화가 치밀어 올랐다.

이대로 잠들 수가 없었고 어떤 조치라도 취해야 할 것 같았다.
형에게 뛰어가 소리를 지른다거나, 발로 차버리는 일시적이고 비효과적인
방법은 하고 싶지 않았다.

이 문제를 해결해 줄 힘이 있는 사람은 엄마였다.

책상에 앉아, 엄마에게 상처를 주기 싫어서 마음속 깊이 묻어뒀던 모든
트라우마를 기억나는 대로 계속 적어내렸다.
몇 시부터 적었는지는 모르겠지만, 쉬지 않고 해가 뜰 무렵까지 A4 6쪽을
적고 나서야 분이 조금 풀렸다.

재수가 끝날 때까지는 형이 올 때마다 밖에서 자고 올 것이며 대학에
합격하는 대로 독립을 할 것이라는 선언을 마지막으로 편지를 끝냈다.

아침에 일어나서는, 보통 그렇듯 감정이 내려앉았고 차분하게 다시
생각해보았다.

엄마에게 이 편지를 직접 건네줄 용기가 생기지 않았다.
그렇다고 뻔히 보이는 불행 속에 더 이상 나를 내버려두기 싫었다.

집을 나서면서 나는 편지의 운명을 운에 맡기기로 했다.
내 방 책상 위에 종이를 올려놓고 집을 나섰다.

밤 11시가 넘어서 집에 돌아왔다.
엄마는 내가 좋아하는 감자를 쪄놓고 나를 맞이해 주었다.

나는 방으로 들어가 책상 위를 확인했다.
올려놨던 종이가 없어져 있었다.

어떤 행동을 취해야 할지 아무 방법도 떠올리지 못하고 방 안에서
머리를 쥐어싸매고 있었다.
엄마가 내 방으로 들어오더니 나를 안아줬다.

"미안해, 철영아... 엄마는 아무것도 몰랐어... 수능 끝날 때까지 형 못
올라오게 할게... 미안해..."

나는 아무 말도 못 했다.
엄마 얼굴은 보지 못 했지만, 엄마는 울면서 얘기했다.
엄마는 아무 말도 못 하는 나에게 찐 감자와 우유를 방으로 가져다주었다.

문제는 해결한 것 같았지만, 엄마에게 상처 주지 않으려 했던 내 오랜
다짐을 깨버렸다는 생각에 전혀 통쾌하지 않았다.

나는 그날부터 2년 넘게 형을 보지 않았다.

부담과 외로움

집을 나와 살고부터 나는 최선을 다해 형을 차단했다.
형을 생각도 하지 않았다.
미워하지도 않았다.
떠올리는 것조차 싫었다.

형과 단절된 삶은 너무 평화로웠다.
매일 마주해야 했던 불행으로부터 나를 지켰다.
더 이상 집에 가는 것이 불안하지 않았다.

그렇게 20년간 함께 했던 형을 나의 삶에서 밀어냈다.

2년 동안 방학이 되어도 집에 내려가지 않았다.
명절에도 친척 집에 가지 않았다.
상황을 잘 모르는 친구들이 물어보면 애매한 설명으로 얼버무리곤 했다.

평화로웠지만 나 혼자 남아있는 듯한 조용한 대학가는 외로웠다.

매일을 좁은 방 한 칸에서 혼자 잠드는 나는 조금씩 지쳐갔다.
외로움이 점점 내 마음을 갉아먹었고 어디에도 내 마음을 털어놓지
못했다.

엄마와의 교류는 사나흘마다 통화, 한 달마다 만남이 전부였다.
엄마는 1년 정도는 나에게 형에 대한 일체의 언급도 하지 않았다.

어느 시점부터 조심스럽게 형의 근황을 전하기 시작했다.
점점 형의 얘기를 좀 더 자주 듣게 되었다.

하루는 혹시 형을 용서할 생각이 없냐고 물었다.
나는 단호하게 거절했다.
형의 태도에 큰 변화가 생기거나, 내가 마음이 정말 넓어지게 된다면
용서하겠다고 했다.

좀 더 시간이 지나고 우는 엄마에게 전화가 왔다.

"철영아, 엄마를 봐서라도 형을 용서해주면 안되겠니? 엄마는 너희가
이렇게 지내는 게 너무 마음이 아프다. 하나밖에 없는 형이잖니..."

수화기로 전해져오는 우는 엄마의 목소리는 내 마음을 아프게 찔렀다.

하지만 겨우 벗어난 불행 속으로 다시 나를 내던지고 싶지 않았다.
10년 동안 쌓인 앙금을 2년 만에 녹이기엔 부족했다.

'하나밖에 없는 형' 이라는 말은 그런 나에게 반발심을 일으켰다.

내가 세상에서 가장 증오하는 사람은 형이었다.
오히려 가족이 아니었다면, 나는 형을 덜 싫어했을 것이다.
이렇게 증오가 커지기 전에 인연을 끊었겠지.

나는 형으로 인해 '가족' 의 의미를 다시 생각하게 되었다.
많은 친척이나 친구들이 내가 형과 싸웠다는 얘기를 대충 듣고는 나에게

"그래도 가족인데? "
"가족끼리 그러는 거 아니야."

따위의 말을 했었다.
나에게 어떤 트라우마가 있는지도 모르면서.

나에게 그저 가족이라는 것은 아무 의미도 없어졌다.

내가 엄마를 사랑하는 이유는, 그저 날 낳아준 사람이기 때문이 아니다.
엄마가 나에게 준 무지막지한 사랑 때문이다.

나에겐 사랑이 필요했고 사랑이 중요했다.
나에게 사랑을 주지 않는 가족은 의미가 없었다.

잠시 동안의 침묵 후에 나는 무거운 마음으로 거절했다.
나를 지키고 싶었다.
하지만 엄마를 아프게 했다.

사랑하는 두 아들의 갈등을 지켜만 볼 수밖에 없는 엄마의 슬픔은 나에게 죄책감이 되었다.
나는 잘못한 게 없는데, 잘못한 사람이 되었다.

무력감이 밀려왔다.

며칠 뒤엔 친구들과 즐겁게 게임을 하던 중, 외삼촌에게 전화가 왔다.

"철영아, 외삼촌이다. 잘 지내니? "
"네, 외삼촌. 무슨 일이세요? "
"어.. 요즘 엄마한테 무슨 일 있니? "
"왜요? "
"며칠 전에 통화하는데, 외삼촌보고 오빠는 가족도 아니라고 막 화를
내더라고..."
"아..."
"무슨 일 있니? "

엄마와 외삼촌은 어려서부터 서로에게 의지하며 각별하게 자랐다.

엄마는 최근 들어 자신을 돌봐주지 않는 외삼촌에게 서운함을 느낀다고
나에게 얘기한 적이 있었다.
그 서운함이 나와 형으로 인한 스트레스로 터져버린 것 같았다.
엄마에게도 가족의 의미를 다시 생각하게 되는 시간이었을 것이다.

얼마 전 엄마가 울면서 부탁했던 것을 외삼촌에게 얘기했다.

"그런 일이 있었구나... 지금은 외삼촌이 엄마한테 연락하기가 좀 그런데,
철영이가 대신 외삼촌은 계속 엄마 아낀다는 거 전해주겠니? "
"네, 그럴게요."
"엄마 생각해서라도 형이랑 잘 지내보려고 해보고..."
"네..."
"그래. 철영아, 잘 지내고."
"네, 외삼촌도 잘 지내세요."

즐겁게 친구들과 게임을 하던 나는 통화를 마치고 웃을 수가 없었다.
나를 세상에서 가장 사랑하는 사람이 나로 인해 흔들리는 것도 알게 되었다.

외삼촌도 나에게 들어줄 수 없는 부탁을 했다.
나에게 아빠와 가장 가까운 역할을 해온, 소나무 같았던 외삼촌마저.

나에게서 형을 완전히 단절할 수 있는 방법은 없었다.
해결하지 못하는 현실은 무거운 족쇄처럼 나에게 얽매였다.
현실에서 벗어나고 싶었다.

무력감이 밀려오고 스스로가 너무 비겁하게 느껴졌다.
어른들의 들어줄 수 없는 부탁은 너무 무거웠다.

나는 항상 어른인 척했지만 어른이 아니었다.

형과의 재회

23살이 되기 직전 12월 31일, 친구와 새해맞이 카운트다운 공연을 보러
갔다.

막 공연장에 들어가 첫 무대를 보고 있는데 엄마에게 전화가 왔다.

"철영아, 어디니...?"
"응? 나 친구랑 공연보러 왔는데."
"철영아... 지금 바로 나와야될 것 같아..."
"어? 나 방금 막 들어왔는데?"
"큰아버지가 돌아가셨어..."
"어?"

큰아빠는 우리 가족을 유난히 아껴주셨다.
놀러 갈 때마다 하루 종일 나를 무릎 위에 올려놓으셨다.
큰아빠는 두 아들과 아내에게는 일체의 애정표현도 하지 않으실 만큼
무뚝뚝하셨다고 한다.
그런데 유독 나에게만은 이상하게도 애정표현을 아끼지 않으셨다.

아빠가 돌아가시고 나서 우리 가족에 대한 큰아빠의 애틋함은 더 커졌다.
하지만 아빠가 돌아가신 시점부터 엄마에게 큰아빠는 피가 섞이지 않은
남이었다.

엄마가 대학에 붙고 우리 가족이 대구로 이사를 갈 때, 이제는 혼자서

해결해야만 하는 현실들 앞에서 엄마는 정말 막막했다고 한다.
엄마는 물어볼 사람이 없어 큰아빠에게 전화를 했다.

"아주버님, 안녕하세요... 제가 결정하기가 어려워서 그러는데... 집을
매매로 하는 게 좋을까요... 전세로 하는 게 좋을까요..."
"아이고... 제수씨... 그거는 제가 어떻게 말씀 못 드리겠어요... 미안합니
다... 이제는 제수씨가 알아서 결정하셔야 돼요..."

엄마는 그 말을 듣고, 두 아들을 혼자서 키워야 되는 현실을 느꼈다고 한다.
그리고 얼마 뒤 큰아빠에게 전화가 왔다.

"제수씨... 방은 따시어요? "
"예... 그럭저럭 지낼만해요..."
"제수씨... 제가 전화하기가 좀 그래서 연락은 잘 못하더라도 서운하게
생각하지 마셔요... 애들하고 건강 챙기면서 잘 지내셔요..."
"예, 아주버님... 감사해요..."

가부장적이셨던 큰아버지는 죽은 동생의 아내에게 연락하는 것이 편하지
않으셨던 것 같다.

그 전화 이후로, 친가와의 교류는 10년간 손에 꼽을 정도였다.

거의 15년 가까이 지나고, 내가 대학생이 돼서야 큰아빠를 찾아갔다.
참 오랜만에 본 큰아빠는 여전히 날 이뻐해 주셨지만, 이내 암에 걸렸다.

그리고 곧 돌아가시게 되었다.

형이 보기 싫다고 그런 큰아빠의 장례식에 안 갈 수는 없었다.
큰아빠의 장례식에서 2년 3개월 만에 형과 마주하게 되었다.

엄마는 큰아빠의 죽음으로 슬퍼하다가 나와 형을 밖으로 불러냈다.
그리고 악수와 화해를 시켰다.

그 자리에서만큼은 거부할 수가 없었다.

억지로 화해를 한 이후엔 명절마다 형을 보았다.
함께 있어도 대화는 하지 않았다.

예전과 상황은 뒤바뀌었다.
형을 싫어하는 나와 그런 내 눈치를 보는 형.

그해 추석, 외가에서 형은 대화를 하자며 나를 밖으로 불러냈다.

"왜."
"내가 어떻게 하면 좋겠냐."
"뭐를."
"그동안 못되게 굴은 거 미안하다. 내가 어떻게 할까."
"그걸 내가 말해줘야 돼? "
"어떻게 해야 받아줄 건데."
"그건 형이 알아서 할 일이지. 내가 신경 써야 될 일이 아니야."
"어떻게 해야 될지 모르겠으니까 그러지."
"나한테 무슨 짓을 했는지는 기억나는 게 있어? "
"그냥 때리고... 욕하고..."

“나는 아직도 하나하나 생생하게 다 기억나.”

과거에 비하면 형은 달라졌다.
나에게 망상하지 말라는 헛소리는 더 이상 하지 않았다.
형의 기준에서, 나에게 사과의 말을 꺼내는 것 자체가 엄청나게 큰일이
었을 것이다.

하지만 내 기준에서, 그것은 사과가 아니었다.
진정으로 자신이 저지른 일에 대해 뉘우치고 용서를 구하는 태도가
아니었다.
트라우마 중 하나를 얘기했을 때, 기억도 못 하는 형을 용서하고 싶지
않았다.

상처 입은 사람은 나이기 때문에 형의 기준에서 용서하고 싶지 않았다.

시간이 지나면서 형과 마주하는 것에 아주 조금은 불편함이 사라졌다.
엄마에게 형의 근황 정도는 아무렇지 않게 들을 수 있었다.

형은 대학을 졸업했지만 직장을 구하지 못했다.
알바를 하다가 해고당하기도 하고 딱히 누굴 만나지도 않았다.
하고 싶은 것도 잘 하는 것도 없던 형은 그렇게 시간을 허비했다.

그러던 형이 어느 날부터 경찰이었던 아빠가 그리운 마음이었는지 경찰
시험을 준비하기 시작했다고 들었다.
그리고 엄마와 형은 여러 목적으로 이천으로 이사를 갔다.

24살 여름, 중간 지점에서 엄마와 만나 밥을 먹었다.
밥을 먹다 형 얘기를 하기 시작했다.

"요즘 엄마가 형 때문에 요즘 참 힘드네..."
"왜? "
"형이 여기저기 아픈데도 많다 그러고... 풀리는 일도 없고... 엄마한테만
너무 의지하네..."
"그럴만하지. 이천에 만날 사람도 없고 "
"요즘 엄마한테도 너무 미안해하고, 자기 인생에 대한 후회를 많이
하더라고. 너한테도 미안해하고."
"당연히 미안해해야지... 근데 형이? 많이 변했네."
"엄마는 너무 좋은 엄마인데, 자기는 좋은 아들이 아니어서 미안하다고
그러고..."

엄마는 쉬다 오라는 목적으로 형을 템플 스테이에 보냈었다.
그 곳에서 형은 능력 있는 정신과 의사를 만났다.

그 의사는 형에게 먼저 다가와 말을 걸었다고 한다.
형을 보니 많이 우울한 게 느껴진다고, 우울하냐고 물어봤다고.
형은 그 의사에게 자신의 상황을 모두 털어놓고, 그 대화를 녹음해
엄마에게 들려줬다고 했다.

"녹음 내용 중에 형이 자살 시도를 했다는 말도 하더라."
"진짜로? 어떻게? "
"멀티탭으로 시도했다는데 엄마는 직접 들은 적이 없어서... 그냥 그런
마음만 들었던 건지 모르겠네."

"에이, 뭐 진짜 그러겠어."

자살은 나와 엄마에게 그저 먼 얘기였다.
나는 겁 많은 형이 자살을 할 수 있을 거라 생각하지 못했다.
나와 엄마는 형의 자살 시도 이야기를 그냥 그렇게 지나쳐버렸다.
너무 현실감 없는 얘기는 믿지 못하는 것처럼.

"하루는 외로웠는지 엄마랑 같이 자자고 엄마방에 와서 바닥에서
자더라고."
"엥? 갑자기? "

누워서 대화를 하다가 엄마는 나에 대한 좋은 기억을 형에게 이야기
해줬다고 한다.

"철영이가 어려서부터 눈치가 빨라서 엄마 기분 안 좋을 때면 방에
들어가서 학습지 풀고 그랬다니깐."
"그랬구나... 엄마, 나에 대한 좋은 기억은 생각나는 거 없어? "
"음... **야... 미안한데... 딱히 너에 대한 좋은 기억은 생각나는 게
없네."

형은 그 말을 듣고 울었다고 한다.

나는 엄마에게 형에게 정신과 상담을 받아보게 하라고 얘기했다.
혼자서 이겨내기 힘든 상황 같다고.

내가 들은 형의 마지막 근황이다.

형의 죽음

2017년 8월 어느 날, 친구와 밥을 먹기로 하고 오랜만에 일산으로 향하고 있었다.
도착하기 30분 정도 남았을 때, 오랜만에 사촌 형에게 전화가 왔다.

"어... 철영아 어디니...? "
"네, 형. 저 친구 만나러 일산 가고 있는데, 왜요? "
"어... 철영아 엄마한테 연락 온 거 없니? "
"네? 없는데요? 왜요? "
"어... 철영아 너 지금 친구 만날 때가 아니고... 엄마한테 연락이 올 거야... 기다리고 있어봐..."
"네? 무슨 일 있어요? "
"형이 이따가 다시 전화할게... 혹시 엄마한테 연락 오면 바로 받아야 돼."
"네~"

사촌 형은 무슨 말을 하고 싶은 건지 모르게 어수선하게 뜸만 들이다 전화를 끊었다.
약속 시간에 늦게 될 것 같아 친구에게 연락했고, 친구는 배가 고프다며 먼저 식당에 들어가서 먹고 있겠다고 했다.

그리고 몇 분 뒤 사촌 형에게 다시 전화가 왔다.

"어, 철영아... 지금 어디라고? "
"저 친구 만나러 일산 가고 있어요."

"정확히 어디니? "

"저 지금... 행신역이요."

"철영아... 음... 형이... 많이 아프대... 지금 당장 병원에 가봐야 할 것
같아... 일단 큰엄마한테 가볼래? "

"네? 갑자기요? "

"응... 큰엄마한테 가서 경영이 형(큰사촌 형)이랑 같이 이천으로
가야 할 것 같아."

"네...? 많이 아프대요? "

"응... 그런거 같아... 큰엄마한테 연락하고 일단 큰엄마한테 가봐."

나는 지하철에서 내려 갑작스러운 상황을 정리하기 위해 엄마에게 전화
했다.
엄마가 매우 떨리는 목소리로 전화를 받았다.

"철영아...."

"엄마...? 무슨 일 있어...? "

"형아가.... 형아가.... 자살했어..."

"어...? …. 알겠어..."

전혀 예상하지 못한 말을 듣고는 바로 전화를 끊었다.
엄마는 전화를 할 수 있는 상태가 아니었던 것 같다.
전화를 끊고는 아무 생각도 들지 않았다.
받아들일 수 있는 상황이 아니었다.

일단 친구에게 갔다.
친구는 버섯 칼국수를 주문하고 막 불에 올려놓은 상태였다.

나는 밥 같은 걸 먹을 상황이 아니었다.
친구는 여느 때처럼 나에게 투박하게 인사를 건넸다.

"빨리빨리 안 와? 정신 안 차려? "
"어... 미안..."
"뭐야. 왜 그래? "
"미안한데... 나 가봐야 할 것 같다..."
"미친놈아, 지금 시켰는데 간다고? "
"어... 미안... 바로 가봐야 할 것 같아..."
"무슨 일인데."
"..."

입 밖으로 뱉어지지 않았다.
입을 벌려도 단어가 뱉어지지 않았다.

상황을 정리해보면, 사촌 형은 형이 많이 아프다고 했고 엄마는 형이
자살을 했다고 했다.
내 눈으로는 아직 사실을 확인하지 못했다.
내가 말을 하면, 그 말이 현실이 되어버릴 것 같아 아무 말도 할 수가
없었다.

아무 말도 하지 못하고 바닥과 친구를 번갈아 쳐다봤다.
그런 나를 지켜보던 친구는 자리를 일어났다.

"야, 가자."
"너 시킨 거 먹지...? 나만 가면 되는데..."

"됐다. 그냥 가자."

친구는 끓는 냄비에 국수 면은 넣지도 못한 채 계산을 하고 나왔다.
음식점을 나와 육교를 건너며 친구가 물었다.

"무슨 일인데? "
"형이..."
"응."
"형이..."
"...."

말을 이을 수가 없었다.
하지만 시킨 음식을 먹지도 못하고 나온 친구에게 납득할만한 이유를
말해줘야 할 것 같았다.

"형이... ..살했대..."
"뭐라고? 안 들려."
"...."

나는 차마 그 단어를 입으로 말하지 못했다.
머릿속으로는 단어를 되뇌었지만 입 밖으로 뱉지 못했다.
현실이 될까 봐 두려웠다.

평소와 너무 다른 모습이어서 그랬는지, 친구는 더 이상 묻지 않고
연락하라며 나를 보내줬다.
큰엄마에게 연락해 큰엄마의 집으로 갔다.

큰엄마와 함께 나를 기다리던 사촌 형의 차를 탔다.

“어, 왔니? ”
“네.”

사촌 형도, 큰엄마도 간단한 인사만 하고 차에 타서는 아무 말도 하지
않았다.
나도 아무 말도 하지 못했다.

차에 앉아 무릎 사이에 머리를 처박고 계속 생각했다.

‘무슨 일이 일어난 거지? ’
‘진짠가? ’
‘사촌 형이 아프다고 한 거면 병원에 입원한 건가? ’
‘시도했다가 병원에 입원한 건가? ’
‘엄마가 말한 건 그게 아니었는데.’
‘대체 뭐지’

그렇게 같은 생각만 계속하던 중에 이모에게 전화가 왔다.

“여보세요? ”
“철영아, 대체 이게 무슨 일이니? ”
“네? ”
“무슨 일이야, 이게 대체.(가만히 내버려 둬! 애한테 왜 그래!)”
“저도 모르겠어요...”
“그래... 알겠어... 철영아...”

수화기 너머로 당황한 이모를 말리는 이모부의 목소리도 함께 들렸다.
다시 정적 속을 달리는데, 외삼촌에게 문자가 왔다.

'원주시 **면 **리 *** 장례식장으로 결정했습니다.'

운전하는 사촌 형에게 주소를 말해주었다.

다시 머리를 무릎 사이에 처박고, 이번엔 아무 생각도 하지 않았다.
현실을 믿으려고 하지 않았다.

하지만 목적지에 도착하면 현실이 될 것 같았다.
차가 달리는 도로가 끝이 나지 않기를 바랐다.
영원히 내 눈으로 사실을 확인하고 싶지 않았다.

그렇게 세 시간 정도를 달려 원주에 한 장례식장에 도착했다.
장례식 입구에 모니터 화면을 봤다.

'*호실, 故 박**, 상주 박철영'

현실이었다.
내 눈으로 확인했다.

아직 엄마는 도착하지 않았다.
엄마가 걱정되기 시작했다.

엄마는 21년 전에 남편을 잃었다.

남겨진 5살, 8살 어린 두 아들을, 혼자 21년을 키웠다.
두 아들은 엄마에게 세상의 전부였다.
엄마가 그 현실을 감당한 것은 오로지 두 아들을 위해서였다.
그런데 갑자기 엄마에게 세상의 반이 없어져버렸다.

잠시 후, 엄마가 타고 있는 차가 도착했다.
울고 있던 엄마는 내 외사촌에게 부축을 받아 차에서 내렸다.

나는 엄마를 불렀다.

"엄마."
"철영아... 어떡하니, 철영아... 어떡하니... 어떡하면 좋니..."

나는 다리에 힘이 풀리며 우는 엄마를 안았다.
아무 말도 할 수 없었다.
제대로 서 있지도 못하는 엄마를 장례식장 안에 있는 방 안으로 옮겼다.

친척들이 한 명씩 한 명씩 도착하고 쓰러져서 울고 있는 엄마를 위로하고
안아주고 울었다.
어렸을 때부터 가까이 지내던 외사촌 형이 도착했다.
형도 역시 울면서 엄마를 안아주었다.

그리고 옆에서 멍하게 있는 나를 데리고 나왔다.

"철영아, 밥 먹었어? "
"아니..."

"밥부터 먹으러 가자..."
"응..."

형을 따라 차를 타고 나섰다.
가까운 시내에 한 콩나물 해장국집에 갔다.

"철영아, 혹시나 해서 하는 말인데... 너나 고모나... 누구의 잘못도 아니야.
자책하지 마."
"응...? 응..."
"친구들한테 연락은 했어? "
"할까 말까 고민하고 있어..."
"해."
"그게 낫겠지...? "
"응. 해야 돼."

조용히 밥을 먹고 나와서 먼저, 점심에 만났던 친구에게 전화를 했다.

"여보세요? "
"어..."
"무슨 일이냐? "
"어... 형이... 죽었어..."
"뭐...? 왜...? "
"자살했어... 올 수 있냐...? "
"아... 어... 갈게..."
"그래..."
"나 지금 용원이랑 건희랑 같이 있는데, 얘기해도 돼? "

“응... 중학교 애들한테도 대신 얘기 좀 해줘...”
“알겠다... 내일 되는 애들이랑 갈게.”
“그래. 고맙다.”

사무엘, 성진이, 재우 형, 경민이, 준영이, 가장 친한 그룹마다 그 중
한 명에게 전화를 해서 부고를 전했다.
그리고 3살 어린 여자친구에게도 부고를 전했다.

기록이 남는 메시지로는 전하고 싶지 않았다.
말하는 순간 날아가 버리는 음성으로 실감나지 않는 소식을 전했다.

가깝지만 나보다 어린 동생들에게는 차마 소식을 전하지 못했다.
나중에 소식을 전해 들어 서운했다는 얘기를 듣고 직접 얘기하지 못한
걸 미안하게 생각했다.
그때는 그 친구들에게 남들은 평생 겪지 않을 수도 있는 일을 모르게
하고 싶었다.

장례식장으로 돌아와 다시 모니터 화면을 봤다.

‘…… 상주 박철영 ……’

24살의 나는 상주가 되었다.
아버지가 없는 형제의 장례식에서 나는 1순위 상주였다.
차라리 엄마가 상주가 아닌 것이 다행이라 생각했다.
엄마는 방 안에서 나오지도 못했다.

나는 형의 영정 사진이 보이는 벽에 기대앉아서, 형의 사진을 자세히
들여다보았다.
웃고 있는 형의 사진은 세 가족에서 찍은 유일한 가족사진의 일부였다.

엄마의 뼈를 깎는 노력으로 우리 가족이 안정을 찾았을 때, 나는 형을
싫어하다 못해 증오하고 있었다.
엄마는 그런 나에게 가족사진을 찍자는 제안을 하기가 어려웠을 것이다.

형이 군대에 있을 때 자주 못 보게 되자 그나마 사이가 괜찮아졌었다.
그 사진은 형이 휴가를 나왔을 때, 갑작스러운 엄마의 제안에 동네
사진관에 가서 찍었던 사진이었다.
싫어하는 형과 사진을 찍고 싶지 않았지만 엄마에 부탁에 못 이기는 척
사진을 찍으러 갔었다.

엄마는 사진이 나오자 이쁘지 않게 나왔다며 불평했었다.
엄마가 자신의 외모에 대해 얘기하는 것을 거의 처음 봤었다.
액자에 담긴 사진을 계속 보며 신경쓰는 엄마의 소녀 같은 모습을 보고
찍기 잘 했다는 생각을 했었다.

그렇게 찍은 유일한 가족사진이기 때문에 단 번에 알 수 있었다.
이제 가족사진이라고는 엄마와 나, 둘이서만 찍을 수 있게 되었다.

화목한 가정의 친구 집에 놀러 갈 때면, 네 가족에서 찍은 가족사진이
벽에 걸려있는 것을 볼 수 있었다.
나에겐 상상으로만 가능한 일이었기에 그 사진이 너무 부러웠었다.
이제 우리 가족은 세 가족의 사진도 찍을 수 없게 되었다.

사진 앞에서 향이 꺼져가고 있었다.
예전에 듣기로, 장례식장에서 향을 피우지 않으면 망자가 찾아오지
못한다고 들었다.

적막한 장례식장에 앉아있다가 일어나 향을 피웠다.
슬픔에 정신을 잃어버린 엄마 대신, 나는 엄마가 사랑하는 형을 위해 향을
피웠다.
형이 길을 헤매지 않도록.

다시 앉고, 향이 꺼져갈 때마다 다시 피우고, 앉아서 거의 밤을 새웠다.

형의 사진을 계속 보며 생각했다.

'꼭 이래야됐냐, 개새끼야...'
'씨발놈아, 네가 뭘 잘했다고...'
'엄마를 생각하면 네가 이러면 안 되지...'
'나는 아직 용서도 안 했는데 이런 식으로 사라져버리면 안 되지...'

혼자 계속 생각하다 늦은 새벽, 잠에 들었던 것 같다.

장례식

이튿날이 되어서도 엄마는 일어나지 못했다.

밥을 먹이려는 친척들의 시도는 모두 실패했다.
엄마는 밥을 먹을 자격이 없다며 입을 열지 않았다.
몇 사람이 붙어서 간신히 물만 몇 모금 마시게 했다.

그런 엄마를 보고 나는 힘들어하면 안 되겠다고 생각했다.
나는 밥을 먹고 상주복을 입었다.
내가 입은 첫 양복이었다.

왼팔에 있는 상주 완장을 보고는 몇 없을 손님들을 혼자 맞이해야겠다
고 생각했다.
힘들어하는 엄마 대신 혼자 버티고 서있어야겠다고 생각했다.

조용히 시간을 보내던 중, 내 동기가 혼자 도착했다.
직접 연락한 동기가 아니고, 온다는 연락도 오지 않았기 때문에 놀랐다.

"어, 어떻게 왔어? "
"소식 듣고 왔지, 괜찮나? "
"어, 뭐. 와줘서 고마워."
"아이다, 와야지 이런 건. 어머니는 괜찮나? "
"엄마는... 별로 안 괜찮지."
"아 글나."

나는 장례식 경험이 또래에 비해 많아 설명을 듣지 않아도 문상하는
법을 알았다.
문상하는 법을 몰라 우물쭈물하는 동기에게 설명해주었다.

"향 꽂거나 국화 한 송이 올리고, 절 두 번하고 반절. 그리고 나랑 맞절
하면 돼."
"아, 알았다."

동기는 1학년 때 약간의 친분만 있었던 다른 동기의 부조금도 같이 낸다는
얘기를 했다.
거의 잊고 있었던 동기여서 감회가 달랐다.
첫 문상객이었던 동기는 밥을 먹으며 이런저런 얘기를 하고 오래 있기
좀 그렇다며 금방 자리를 떴다.

그리고 내 가장 오래된 친구와 다른 한 친구가 같이 왔다.
역시 우물쭈물하는 친구들에게 문상 방법을 알려주고 식탁에 앉았다.
밥을 먹고는 친구들 역시 오래 있으면 안 될 것 같다며 오래 머무르지
않았다.

다음으로 나머지 동기들, 동아리 친구들이 왔다 갔다.
군대를 아직 안 간 두 명을 제외하고 나머지 동기들은 나와 보낸 시간이
길지 않았다.

혼자 재수를 하고 어두워졌던 나는 1학년 때 동기들과 거리를 뒀었고,
동기들 대부분은 1학년을 마치고 군대에 갔다.
그리고 2년의 공백 뒤에 복학한 지난 한 학기만 같이 시간을 보냈다.

고작 1년 반을 같이 지냈는데, 친분이 있는 동기들은 모두 찾아왔다.
이때, 나는 동기들에게 완전히 마음이 열렸다.

함께한 시간이 길지 않았기 때문에, 약간의 거리감을 느꼈던 스스로가
부끄럽고 동기들에게 미안했다.
단지, 동기라는 이유만으로 서울에서 원주까지 다 같이 와준 동기들이
고마웠다.

적당히 친했던 동아리 친구들에게도 확신 같은 것이 생겼다.

대학 친구들이 모두 떠나고, 늦은 오후에 고등학교 친구들이 다 같이
도착했다.
총 11명이 택시 3대에서 나눠 내렸다.
예상하지 못 한 친구도 두 명 있었다.

다 같이 떠들다가 나를 발견하고는 한 명씩 인사를 건넸다.
내 친구들 중 가장 웃긴 두 명 중 한 명이 웃으며 인사를 건네고는 혼자
놀라며 입을 막고 물어봤다.

"아, 떠들면서 오느라 평소랑 다른 걸 잠깐 잊었다. 웃으면 안 되지? "
"아~ 웃어도 돼~ 장례식 분위기 그렇게 엄숙하게 있을 필요 없어."
"그러냐? 내가 장례식은 거의 처음이라 잘 모르겠다, 야."

초등학교 6학년 때 있었던 외할아버지의 장례식에서, 시끄럽게 웃고
떠드는 아저씨들이 꼴 보기 싫었었다.
엄마에게 왜 저 아저씨들은 남의 장례식에 와서 시끄럽게 떠드냐고

물었었다.

엄마는 어린 나에게 저 아저씨들은 외할아버지랑 친한 분들이라며 장례식 문화를 설명해줬었다.

한국의 장례식에서는 슬픈 분위기를 잠시 잊으려고 일부러 시끄럽고 밝은 분위기를 내려 한다고. (호상인 경우에만. 뒤늦게 알게 된 사실)

그때는 이해하지 못했으나 조금 커서는 받아들이게 되었다.

장례식이 어색했던 친구들은 어린 나처럼 내 설명을 받아들이지 못했다.

"아니. 아무리 그래도 장례식인데 조용히 있어야 되는 거 아니야? "
"아~ 아니라니까~"
"아니, 여기서 평소처럼 굴 순 없잖아."
"선은 넘지 말고, 그냥 적당히 웃고 떠드는 건 된다고."
"아... 알았어..."

다 같이 문상을 하고는, 밥을 먹으며 밝은 분위기를 내주었다.

나는 편하게 있으라고 재차 얘기하며 맥주를 꺼내 가져다주었다.

친구들은 잠시 할 얘기가 있다며 다 같이 나갔다.

현금 인출기가 있는 휴게실로 다 같이 들어갔다.

처음엔 뭐 하나 싶어서 가까이 갔더니 돈 얘기를 하고 있었다.

"얼마 넣어야 되는 거지. 야, 너 얼마 넣을 거냐? "
"5만원."
"아, 많이 넣네. 나 돈 없는데..."
"넌 얼마 넣냐? "
"나 3만원."

"아~ 어떡하지... 돈 좀 빌려주라."

"이름 써야 되지? 너 글씨 잘 쓰냐? "
"내가 글씨는 또 잘 쓰지. 아, 아니다. 네가 써라."
"오키. 내가 다 쓴다."

이런 대화가 오가던 도중, 한 친구와 눈이 마주쳤다.

"아~ 들어오지 말라니까~"
"아 ㅋㅋ 알겠어."

상의를 끝낸 친구들은 봉투 두 개를 나에게 건넸다.
한 친구는 엄마가 따로 보내왔다며 봉투를 하나 더 건넸다.
그 친구의 어머니는 우리 엄마와 친분이 있었다.
나도 내 친구도 서로의 집에 꽤 놀러 갔기에 서로의 어머니와도 안면이
있었다.

봉투를 정리하고 돌아와 나도 잠깐은 친구들 사이에서 편하게 앉아있었다.
상주는 나 혼자였기 때문에 잠깐잠깐 엄마의 손님이 오시면 맞이하고
다시 돌아왔다.

친구들은 나에게 다 같이 약속을 한 것이 아니라, 버스에서 우연히
만났다고 얘기해주었다.
고양 종합 터미널에서 버스 한 대를 11명이서 타고 왔다고 웃으며 얘기
해주었다.

"야, 뭔 동창횐 줄 알았다."
"얜 여전히 한심하더라."
"야, 너만 하겠냐."

웃고 떠드는 와중에 내가 농담을 하면,

"아, 오늘 같은 날 욕할 수도 없고."

라며, 잠시 웃을 수 있었다.
밥도 잘 먹던 친구들은 머리고기를 계속 리필하며 친척들을 웃게
만들기도 했다.

그러던 중, 형의 시신을 염할 시간이 되었다.

나는 친구들에게 자리에 있으라고 한 후 엄마가 쓰러져있는 방에
들어갔다.
여러 친척들의 부축을 받으며 엄마를 데리고 나왔다.
밥을 먹던 친구들은 심상치 않은 분위기와 부축을 받으며 나오는 엄마를
보고 눈치를 보기 시작했다.

엄마를 데리고 친척들과 같이 염하는 방으로 들어갔다.
엄마는 통유리 너머로 형의 시신을 보자마자 소리 내어 울기 시작했다.
엄마의 흐느끼는 소리를 들으며 평소에도 우리 가족을 애틋해하던
친척들이 울기 시작했다.

나는 괴로워하는 엄마를 세게 안은 채로 염을 지켜봤다.

형의 목에는 줄 자국 같은 것이 여러 겹으로 선명하게 있었다.

장의사들이 형의 시신을 씻기고 입에 쌀을 넣을 차례가 되자 엄마와
나를 안으로 들였다.
엄마는 방으로 들어가자마자 다시 소리 내어 울기 시작했고 죽은 형의
얼굴을 마구 만지며 소리 질렀다.

“내 새끼야... 내 새끼야... 아이고 내 새끼야...”

장의사들은 당황하고 모든 친척들이 놀랐다.
여러 명이 붙어 엄마를 형에게서 겨우 떼어놓았다.

그리고 장의사가 시키는 대로 엄마는 부들부들 떠는 손으로 죽은 형의
입에 세 번 쌀을 넣었다.

“백 석이요!”
“천 석이요!”
“만 석이요!”

나갈 차례가 되자 엄마는 다시 형의 얼굴을 부둥켜안으려 했다.
엄마를 겨우 형에게서 떼어내고 통유리 너머로 돌아왔다.

장의사들은 고인의 마지막 모습이라며 잠시 보여주고 얼굴을 덮었다.
엄마는 다시 소리를 질렀다.

“아이고... 내 새끼... 내 새끼야... 내 새끼...”

염이 끝나고도 엄마는 울음을 멈추지 못했고 주저앉아버렸다.
엄마는 부축을 받으려고도 하지 않았다.

외사촌 형이 엄마를 들고 방으로 옮겼다.
나는 울면서 형의 뒤를 따라갔고 엄마를 방에 누였다.

살면서 그렇게 슬퍼하는 엄마의 모습은 처음 봤다.
아니, 그렇게 슬퍼하는 사람의 모습을 처음 봤다.
그 사람이 그렇게 강한 우리 엄마라는 사실은 좀처럼 믿기 힘들었다.

들려가는 엄마를 따라갈 때, 옆에서 조용히 앉아있던 친구들이
생각났다.
밖에 있는 친구들 생각에 얼른 눈물을 닦고 밖으로 나갔다.

친구들은 조용히 내 눈치를 봤다.
나는 눈이 빨개진 채 아무렇지 않은 척 하려고 했다.

"괜찮냐...? "
"어... 나는 괜찮은데... 엄마가 안 괜찮네..."
"야 우리 슬슬 가볼게... 어머니 잘 챙겨드려라..."
"아, 더 있다 가도 되는데? "
"차 시간도 있고, 있기가 좀 그렇다, 야..."
"아, 그러냐. 진짜 더 있어도 되긴 하는데."
"아냐, 그만 가볼게..."
"그래 알았다."

고등학교 친구들은 택시를 세 대 불러서 다 같이 떠나갔다.

저녁엔 엄마 지인들이 찾아왔다.
엄마는 이 사실을 말하는 것조차 힘들어서 친가, 외가에 한 명씩, 학교,
그리고 친구 세 명에게만 얘기했다고 했다.

엄마 학교 선생님들이 다 같이 찾아왔다.
조문을 하고 방 안에 있는 엄마를 보러 몇몇 가까운 선생님들만 들어갔다.
그중 교장 선생님과 한 부장님은 나와도 안면이 있었고 엄마에게 얘기도
많이 들었었다.
엄마와 셋이 같이 해외여행도 떠나고 친한 언니, 동생처럼 지낸다고
들었다.
교장 선생님과 그 부장님이 와서는 엄마 옆에 계속 붙어있었다.

"강 선생, 밥은 먹었어? "
"…."
"강 선생… 말이라도 좀 해봐… 산 사람은 살아야지…"
"저는 밥 먹을 자격이 없어요…"
"무슨 소리야… 철영이도 있는데, 힘을 내야지…"
"…."

선생님은 죽을 그릇에 담아와 엄마를 먹이려 했으나, 엄마는 입을 꾹
닫고 고개를 저으며 먹지 않았다.
몇 번을 시도하던 선생님은 한숨을 쉬었다.
그리고 물이라도 마시라며 물만 몇 모금 마시게 하는데 그쳤다.

엄마와 가까운 언니 같은 사람이 와서 다행이라고 생각했다.
나는 어쩔 줄 몰라하며 엄마를 옆에서 지켜보기만 했다.
엄마를 챙겨줄 사람이 와서 그나마 안심이 됐다.

엄마의 세 친구도 왔다.
엄마의 세 친구 역시 교장 선생님과 비슷한 반응이었다.
엄마를 진심으로 걱정해주고 옆에 있어주었다.

그리고 엄마 친구들과 선생님들은 나에게 엄마를 잘 챙겨달라고 부탁했다.

"철영아, 엄마 잘 챙겨드려야 해."
"철영아, 너라도 버텨야한다."
"철영아, 아줌마 기억나지? 엄마 걱정돼서 어떡하니..."

친척들 이외에 더 엄마를 아껴주는 사람이 있어 다행이었다.
다른 선생님들도 상의를 하더니, 나를 불러 엄마에 대한 얘기를 했다.

"네가 철영이지? 들은 것보다 더 어른스럽네."
"네, 감사합니다."
"선생님들이 상의를 해봤는데, 일단 엄마가 당분간은 근무하시기가
힘들 것 같아."
"네... 제 생각에도 그럴 것 같아요..."
"그런데 이럴 때일수록 일을 너무 오래 쉬면, 집에서 안 좋은 생각만 들
것 같아서, 선생님들이 생각하기엔 한 달 정도 쉬시는 게 어떨까 싶어."
"네... 엄마랑 얘기해볼게요."
"엄마 담임 맡으신 반은, 부담임 선생님도 여기 오셨는데, 잘 맡아주실

거니깐 걱정하지 마시라고 전해주고.”
“아... 네... 감사합니다...”
“집은 어떡하니? ”
“네? ”
“형을 발견한 게 엄마인 걸로 알고 있는데... 엄마가 그 집에서 살 수
있겠니...?
“아... 안 될 것 같아요...”
“그치... 이게 가장 큰 문제인데...”
“...”

선생님들은 정신을 못 차리는 엄마 대신 엄마의 가까운 미래를 계획해
주었다.
나에게 얘기한 부분들을 엄마가 좀 괜찮아지면 잘 전해달라며 떠나셨다.
교장 선생님은 내일 아침 다시 오겠다며 나에게 따로 인사를 하고 떠나
셨다.

늦은 밤에 내 친구 세 명이 더 왔다.

먼저, 나와 가장 친한 여자인 친구가 도착했다.
그 친구는 어머니의 차를 타고 동생과 함께 왔다.
중학교 때부터 알고 지내 어머니는 제법 본 적이 있고, 동생과는 어렸을
때 본 적이 있었다.

친구는 차에서 내려 조문을 짧게 마쳤다.
돌아가며 친구와 어머니는 나에게 위로의 말을 건넸다.
고맙다는 나의 인사에는 당연한 것이니 고마워하지 말라고 했다.

친척들이 잠들기 시작하고 내 마지막 친구 두 명이 도착했다.
중학교 친구들인데 일을 하고 늦은 시간에 먼 길을 찾아왔다.

나머지 친구들은 다음 날 오기로 했다가 세 번째 날은 못 오는 걸 뒤늦게
알게 되었다고 전해 주었다.
세 번째 날은 아침부터 화장 절차가 있기 때문에 조문을 받지 않는다.
못 온 친구들은 미안한 마음에 두 친구를 통해 조의금을 전해주고 연락을
보내왔다.

오래된 두 친구와 조용한 밤에 서로의 속 애기를 털어놓았다.
두 친구는 나를 토닥여주고 새벽에 떠나갔다.

모든 손님을 보내고 누워있는 친척들 사이를 지나 누워 잠에 들었다.

자다가 속이 메스꺼운 느낌에 새벽에 눈이 떠졌다.
머리가 어지러웠고 여러 번 구토를 했다.

소리를 듣고 엄마가 일어났다.
장례식에서 엄마가 스스로 일어난 것을 처음 봤다.

엄마가 나를 걱정하기 시작했다.

"괜찮니, 철영아...? 왜 그래? "
"어... 모르겠네... 뭐 잘못 먹은 것도 없는데..."
"향 연기를 너무 오래 맡아서 그런가..."

정신을 못 차리던 엄마의 신경을 끌기 위해서 좀 더 아픈 척을 했다.
내 걱정이라도 하게 해서 엄마의 정신을 차리게 하고 싶었다.

세 번째 날엔 형의 시신을 화장했다.

불이 타오르기 시작하자 엄마는 바닥에 쓰러져 어린 아이처럼 목놓아
울었다.
나는 화장이 끝나기까지 밖에서 나가서 기다렸다.
친척들은 밖에 있던 나를 보고는 말을 걸었다.

"철영아, 괜찮니? "
"아... 네, 괜찮아요..."
"엄마는 어떡하니..."
"그러게요..."

화장이 끝나고, 형은 가루가 되어 작은 함에 들어갔다.
엄마는 가루가 된 형을 보고도 이성을 잃고 슬퍼했다.

형이 담긴 작은 함은 정말 가벼웠다.

엄마와 나

장례식이 끝나고, 처음엔 오로지 엄마 걱정뿐이었다.
엄마는 형의 죽음을 마주한 집에 발을 들이는 것조차 싫어했다.
일단 원주에 있는 외가에 지내기로 했다.

엄마와 간단한 짐만 챙기러 이천에 집으로 같이 가기로 했다.
나는 그 전에도 항상 형이 없을 때만 그 집에 갔었다.
다락방에 올라가면서 엄마 모르게 나무 계단을 하나씩 살펴보았다.
올라가다 계단 하나 모서리 가운데에, 살짝 우겨진 부분이 있었다.

이 계단에서 형이 스스로 목숨을 끊은 것 같았다.

얼마 뒤에 나는 개강을 맞이했고, 계속 엄마 옆에 있을 순 없었다.
대신, 주말마다 외가에 내려갔다.

엄마는 시간이 좀 지나자 형에 대한 애기를 할 수 있게 되었다.

"엄마가 형한테 신경을 더 썼어야 했는데..."
"엄마가 그때 형한테 좋은 기억이 없다고 말한 게 너무 후회가 돼...
그렇게 말했으면 안 됐는데..."
"형이 초등학생 때 체육대회 계주에서 3명을 제쳐서 엄청 기뻤던 기억이
있는데... 그땐 왜 생각이 안 났을까..."

외가는 시내와 꽤나 거리가 있는 곳에 위치해서 외가에 내려가면 나는

딱히 할 수 있는 게 없었다.
하는 거라곤 그냥 밥 먹고 티비보고 누워있는 것뿐이었다.
이렇게라도 엄마 옆에 있지 않으면 안 될 것 같았다.

그리고 나는 살아왔던 방식대로 내 감정을 억누르고 아무에게도 기대지
않았다.
엄마만큼 슬프지 않은 나는 힘들어하면 안 될 것 같았다.
엄마 옆에 그냥 서 있어야 했다.
무너져서는 안됐다.

힘들고 외로울 때면 친구나 여자친구를 만났다.
게임도 많이 했다.
무엇을 해도 마음의 구멍은 메워지지 않았다.
아무리 버텨도 상황은 나아지지 않았다.

엄마에게 집중하느라, 괜찮은 척하느라 평범한 일상을 보내는 것도
너무나 버거웠다.
온전한 내 시간을 보낼 수 없었다.

내 마음은 점점 곪았고, 모든 것에 점점 소홀해지기 시작했다.

나에게도 집중할 수도 없었고, 여자친구와도 헤어졌다.
매주 원주에 내려가던 것도 빈도가 점점 뜸해졌다.

2018년 3월에 나는 완전히 무너졌다고 생각한다.

외가에 평생 얹혀살 수 없다고 생각한 엄마는 서울에서 나와 살 집을
구하기로 결정했다.
서울에서 학교를 다니는 나와, 이천에서 근무하는 엄마의 상황으로 인해
고민했지만 뾰족한 수가 없었다.
엄마는 학교 관사를 얻어 평일에는 이천, 주말에는 서울로 올라오는 두
집 살림을 하기로 했다.

형이 없는 빈 집의 짐을 빼고, 몇 달 지낸 외가에서의 짐을 정리하고, 내
자취방을 비웠다.
엄마는 직장을 다니면서 3월에만 세 번 이사했다.

엄마는 몸도, 마음도 지쳐버렸다.

이천의 집을 비우던 날, 나는 학교 일정으로 이천까지 갈 수가 없었다.
엄마는 무리하다 움직이기도 힘든 상황까지 되어 학교를 쉬고 한방 병원에
입원했다.
나는 그걸 알고도 엄마를 찾아가지 않았다.

아니, 찾아가지 못했다.
병원에 가봤자 나는 엄마를 위로할 힘이 없었다.

며칠 뒤 엄마는 학교에서 현장학습을 나갔다가 크게 넘어져 목을 다쳤다.

엄마는 또 입원을 하게 되었다.
나에게 전화로 상황을 전했지만, 나는 이번에도 입원한 엄마를 찾아가지
못했다.

엄마는 그런 나를 받아들이지 못했다.
며칠이 지나고 엄마는 참아오던 감정을 나에게 쏟아냈다.

"너 엄마가 입원했다는 거 알고도 걱정이 안됐니? 엄마 조금만 더 심하게
넘어졌으면 죽을 수도 있었어."

나는 엄마의 말을 듣고 아무 말도 하지 않았다.
아무 생각도 하고 싶지 않았다.
엄마를 진심으로 위로할 수도, 내가 지금 힘들다고 말할 수도 없었다.

이후에 엄마와 말하는 것조차,
마주하는 것조차 힘들어졌다.
감정이 새어나갈까 봐 아무 감정 없이 엄마를 대했다.
엄마는 그런 나를 낯설어하고 힘들어했다.

나는 아무것도 할 수 없었다.
엄마에게도, 나에게도, 친구들에게도, 친척들에게도.
너덜너덜한 내 모습을 보여주고 싶지 않았다.

세상에서 숨어버리고 싶었다.

왜 이 힘든 삶을 살아가야 되는지 의문이 들었다.
어디서부터 잘못된 것인지, 뭘 잘못한 건지 알 수가 없었다.
돌이킬 수 있는 것도 없었다.

참고 또 참고, 버티고 또 버티고 나에게 찾아온 것은 절망이었다.

희망은 전혀 없고 오로지 절망과 슬픔뿐이었다.
내 마음은 완전히 비어버렸다.

내 삶은 결국 실패였다.

아무것도 하지 않았다.
절망 속에서 하루하루 무기력하게 숨만 겨우 쉬며 살아갔다.
스스로에게 밥을 먹이고 싶지도 않았다.
배고픔에 쓰러질 것 같을 때가 되어야 밥을 먹었다.

미세한 자극으로도 내 문드러진 마음 속에서 감정이 쏟아져나왔다.
일주일에 몇 번은 텅 빈 집안에서 소리내어 울었다.

엄마와의 사이마저 점점 병들어갔다.
하루는 늦은 새벽에 집에 조용히 들어갔다.
불 꺼진 식탁 위에 김밥 포장지가 널브러져 있었다.
어수선한 엄마의 마음, 엄마의 무기력이 느껴졌다.

문득, 닫혀 있는 안방 문 너머로 엄마가 형과 같은 선택을 했을 것 같은
끔찍한 생각이 들었다.
그럴 리가 없다고 생각을 지우려 했지만 불안감이 몰려왔다.

조용히 방문을 열어 자고 있는 엄마를 확인하고 나서야 긴장이 풀렸다.

이런 끔찍한 생각을 하는 내가 낯설었다.
방 안에서 조용히 혼자 울었다.

5월에 엄마는 다시 나에게 참아오던 감정을 쏟아냈다.
엄마는 변해버린 나를 이해하지 못했다.
말을 안 하니 이해 못 할 수밖에.

참아오던 엄마는 나를 나무랐다.
나에게 도대체 왜 그러는지 이유를 물었다.

"내가 뭘 잘못한 거니? 잘못한 게 있으면 말이라도 좀 해줘. 엄만 숨이
막히고 피가 마르는 거 같아."
"엄마 잘못한 거 없어..."
"그럼 도대체 왜 그러는 거니? "

나는 이제 직접적으로 엄마를 힘들게 해버렸다.

"…."
"얘기하기 싫어? 엄마랑 말하기 싫어? "
"…."
"엄마가 싫니? "
"아니..."
"그럼 왜 그러니? "
"카톡으로 할게..."

나는 메세지로 엄마에게 내 상태를 실토해버렸다.
태어나서 처음으로 엄마에게 힘들다고 말했다.

엄마는 언제나 날 사랑한다며 조금만 더 버티자고 말했다.

또 텅 빈 집안에서 흐느끼다가, 이대로는 안되겠다는 생각이 들었다.
혼자서는 버틸 수가 없었다.

며칠이 지나고 마음이 산산조각 난 채로 상담 센터를 찾아갔다.

상담을 시작하고도 엄마를 대하는 것은 크게 달라지지 않았다.
메세지로는 엄마와 대화할 수 있었지만, 엄마 앞에서 웃을 수 없었고,
얘기할 수 없었다.

엄마는 또다시 나에게 마음을 털어놨다.

"철영아... 엄마랑 어떻게 하면 얘기할 거니...?
"..."
"엄마는 어떻게 해야 될지 정말 모르겠어... 마냥 기다리는 것도 너무
힘들다..."

아무 말 못 하고 계속 듣기만 했다.

"너무 힘들면... 상담이라도 받아보고 그래봐..."
"받고 있어..."
"응...? 언제부터...? "
"두 달 정도 됐어... 내일모레 병원도 가려고..."
"그랬구나... 엄마한테 얘기하지..."
"..."
"그래... 끊을게... 쉬어..."

전화를 끊고 나서 엄마는 장문의 메세지를 보냈다.

'철영아, 아파하는 너를 그저 바라보기만 하는 건 엄마에게 너무 큰
형벌이다...'
'철영아 다 컸다고 생각하지마. 엄마에게 너는 항상 아가란다. 항상
고맙고 아픈 내 아가...'
'힘들면 그냥 아파해도 돼. 애쓰지마 철영아, 사랑해.'

엄마의 메시지를 보고 한참 울었다.
나는 엄마를 위해 버티고 있다고 생각해왔지만 반대였다.

엄마로 인해 내가 버틸 수 있었다.
엄마가 무너지자 나는, 스스로 버틸 힘이 없었다.

상담을 하면서 선생님은 지금 가장 바꾸고 싶은 것이 무엇이냐
물었다.

"엄마와의 관계를 회복하고 싶어요."
"철영 씨가 먼저 다가갈 수는 없나요? "
"지금 상태론 못 하겠어요."
"철영 씨가 원하는 게 뭐예요? "
"엄마가 제 상태를 정확히 알았으면 좋겠어요."
"음..."
"혹시 선생님이 엄마한테 설명해주실 수 있나요? "

나는 엄마가 나의 상황, 감정을 더 정확히 알길 바랐다.

직접 설명할 자신이 없어서, 염치없게 상담 선생님께 부탁했다.

감사하게도 상담 선생님은 엄마에게 전화해 나에 대한 얘기를 해주셨다고
한다.
그리고 엄마에게 나를 기다려주는 게 좋을 것 같다고 말씀해주셨다고 한다.

한동안 엄마는 나의 안정을 위해 이천에서 올라오지 않았다.
상담과 치료를 동반하며 회복한 나는 어느 정도 안정을 찾았다.

오랜만에 엄마가 올라왔고 함께 아침을 먹으며 대화를 나눴다.
대화 중에 엄마는 약속이 있어 나가봐야 했다.

"철영아, 엄마가 대화를 더 하고 싶은데 약속이 있어 나가봐야겠네.
오랜만에 너랑 이렇게 대화하니깐 엄마는 너무 좋다."

엄마와의 관계는 회복되기 시작했다.
길고 긴 외로움 끝에 빠진 절망 속에서, 처음으로 희망을 봤다.

그리고,

얼마 뒤, 또 상담을 받으러 갔다.
큰 응어리 하나가 풀어진 느낌이지만, 그렇다고 상담을 중단할 정도는
절대 아니었다.

"저는 왜 이렇게까지 힘들어하는 걸까요?"
"심리학적으로 가족이 죽었을 때, 애도 기간을 6개월로 잡아요. 제 생각에
철영 씨는 그 애도 기간이 늦게 찾아온 게 아닐까 싶어요."
"음..."

나는 형을 뒤늦게 애도했기 때문에 우울증이 찾아왔던 걸까.
솔직히, 형에 대한 상실감은 치명적이지 않았다.
애도가 근본적인 원인은 아니라고 생각했다.

"…. 철영 씨랑 상담하면서 느낀 건데, 철영 씨는 어머니와 너무 애틋해
서 본인과 동일시하는 경향이 있는 것 같아요."
"음..."

할 말이 딱히 떠오르지 않았다.

"…. 그런가요?"
"네. 형이 자살한 얘기도 남 얘기하듯 하는 사람이... 엄마가 슬퍼하는
얘기만 하면 울고..."

평소에도, 무덤덤하고 자기 얘기를 남 얘기하듯 말한다는 소리를 많이
들었다.
형 이야기를 할 때도, 되려 듣는 사람의 감정이 더 격해지곤 했다.
그러면서도 엄마가 슬퍼했던 장면만 떠올리면 감정이 벅찼다.

"아... 그러네요..."
"엄마와 관계는 좋아졌어요? "
"네. 이제 얘기도 하고 그래요."
"그럼 이제 우울하지 않을까요? "

그렇진 않았다.
여전히, 우울함이 참 묵직했다.
다소 극단적인 생각은 많이 줄었어도, 여전히 무기력했고 삶의 의미가
없었다.

"음... 그건 아닌 거 같아요. 여전히 무기력하고 계속 쉬고만 싶어요."
"하고 싶은 건 없어요? "
"...."

하고 싶은 게 없다.
공부를 참 오래도 했고, 꽤나 쓸만한 정도지만 전혀 하고 싶지 않았다.
좋아하는 게임이 떠올랐지만, 직업으로 삼을만하진 않았다.

"생산적인 일 중엔 딱히 없어요..."
"그럼 아닌 것 중에는요? "
"음... 게임이나... 여행... 친구들 만나는 거... 그런 거...? "

“그럼 그걸 해요!”

“네... 근데... 영원히 할 순 없잖아요...”

“아... 그렇죠... 철영 씨는 나중에 뭘 하고 싶어요? ”

뭘 할진 몰라도, 뭘 하기 싫은지는 명확히 알게 되었다.

“모르겠어요. 그런데, 지금 하고 있는 전공은 하기 싫어요.”

“그럼... 좋아하는 걸 찾아야겠네요? ”

“…. 네...”

2. 꿈

형의 죽음을 받아들여도 나는 무기력이 멈추지 않았다.
삶의 의미, 목적을 찾고 싶었다.

나를 즐겁게 해줄 수 있는 일.
살아가는 원동력이 되어주는 일.
나를 열정적이게 만들어주는 일.

"철영 씨는 꿈이 있어요?"
"없어요. 있었는데, 포기했어요."
"어떤 꿈이었는데요?"

꿈

내 꿈은 과학자였다.
눈을 감고, 아스라이 보이는 시절까지 더듬어봐도 그랬다.
아마도, 나는 처음부터 과학자가 되고 싶었다.

누군가 꿈이 무엇이냐 물어도 과학자가 되고 싶다고만 대답했다.
유치원을 졸업할 때, 꿈을 적어내는 난에도 '과학자'라고 적었다.
꿈이 무얼 의미하는지, 과학자가 무슨 일을 하는지도 잘 모르면서.

눈에 보이지만 보이지 않는 것들을 알려주는 과학이 너무 신기했다.
어릴 땐 공룡, 우주, 인체에 관한 내용을 좋아했다.
내 방 작은 베란다에서 선풍기를 틀어놓고, 관련 그림책들을 수도 없이
읽었던 기억이 있다.
그때 보았던 그림들은 씨앗이 되어 내 머릿속에 심어졌다.

점처럼 보이면서 쳐다볼 수 없을 만큼 눈이 부신 태양이, 무지막지하게
크고 모든 걸 녹일 만큼 뜨겁다는 걸 상상하는 게 재밌었다.
땅을 밟고 선 채론 크기를 가늠할 수도 없는 지구는 사실 둥글며, 태양에
비해 엄청나게 작고 그 주위를 1년 주기로 돈다는 사실이 신기했다.
새까만 우주를 배경으로 각기 다른 특징의 행성들이 그려진 태양계가 참
아름답게 보였다.

많은 남자아이들이 그렇듯, 공룡도 정말 좋아했다.
목이 길고 거대한 브라키오사우루스, 근사한 뿔을 가진 트리케라톱스,

강력한 육식 공룡 티라노사우루스.

근사한 외형의 거대한 공룡들이 지금은 전부 멸종했다는 이야기가 어린 나의 상상력을 자극했다.

영화 <쥬라기 공원>을 수도 없이 돌려보고, 그림책도 달달 외웠다.

'인체의 신비' 같은 내용의 그림책도 심심하면 꺼내 보았다.

사람이 섭취한 음식물이 식도를 지나 위, 소장, 대장을 거쳐 배설된다는 설명이 신기했다.

혀의 위치마다 맛을 다르게 느낀다는 내용[1]은, 가루약을 먹을 때 실험해 보고 믿지 않았다.

위인전 중에서도 과학자들의 이야기를 특히 좋아했다.

에디슨[2], 파브르, 아인슈타인의 이야기를 가장 재미있게 보았다.

신기한 사실을 알게 되면, 설거지나 빨래하는 엄마를 졸졸 쫓아다니며 이야기를 늘어놓곤 했다.

초등학교에 가서도 그런 호기심과 관심이 이어졌다.

학교 수업 중에서도 수학과 과학이 좋았다.

내 손으로 직접, 오물쪼물 무언가 만들기를 참 좋아했다.

학교에서 행사가 열리기라도 하면 열성적으로 참여했다.

한 번은 교내경연대회에서 찰흙과 이쑤시개로 하루 종일 공룡을 만들어 최우수상을 받고 뛸 듯이 기뻐했다.

과학의 날이 되면, 학교에서 글라이더를 만드는 게 그렇게 재미있었다.

(수상을 하진 못했다)

---

[1] 연구 결과에 대한 잘못된 해석으로 필자가 어렸을 때는 교과서에서도 가르치던 내용이었으나, 사실이 아님으로 판명되었다.

[2] 지금은 과학자나 발명가보단 사업가에 가까우며, 니콜라 테슬라와 대립한 이야기를 듣고 배신감이 들어 좋아하지 않게 되었다.

그렇다고 특별하게 무언갈 하진 않았고, 초등학교 시절은 꽤 평범했다.
매우 소심하고 내성적이었지만, 친구들과 놀기를 참 좋아했다.
그렇다고 공부에 거부감도 딱히 없었다.

받아쓰기에서 100점을 맞고 엄마에게 자랑하는 게 그렇게 좋았다.
저학년 때는 학습지를 두세 개 했는데, 매번 선생님이 오는 날에 급하게
숙제하기 바빴다.
그중에서 수학 문제는 문제가 술술 풀리는 게 꽤 재미있었다.

언젠가부터 학습지를 그만두고 학원에 다니기 시작했다.
검도 학원을 제외하곤, 진득하게 다니는 학원이 없었다.
원생들에게 애정을 주는 학원이 아니면 다니기 싫어했던 것 같다.

그러다 고학년이 되고는 수학과 영어를 함께 가르치는 학원에 정착했다.
학원의 실장님과 원장님이 부부였는데, 원생들을 애정으로 대했다.
예뻐해 주거나 혼내거나 항상 뜨거웠던 실장님과 무뚝뚝하지만 수학은
참 정성스럽게 가르쳐주는 원장님이 너무 좋았다.

실장님과 원장님은 반항심 따위 전혀 없이, 공부도 곧잘 하는 나를 특히
이뻐하셨다.
자습실에서 열심히 공부하는 날이면 종종, 실장님은 다른 원생들도 듣는
앞에서 나를 격하게 칭찬해주기도 했다.
원장님은 평소엔 엄해 보였지만, 질문을 들고 찾아가면 언제나 친절하고
명쾌하게 설명해주었다.

시키는 대로 곧잘 하다 보니, 학원에서 내가 공부를 제일 잘했다.

영어는 1등을 다투었지만, 수학은 1등을 놓치는 일이 매우 드물었다.
원장님은 나를 고학년 수업에 넣거나, 따로 공부시키기도 했다.
학교에서도, 전교 1등은 못해도 반에서 1등은 종종 했다.

중학생이 되어서도 그 학원을 계속 다니며, 공부하는 재미를 알아갔다.
중학교 1학년을 마쳐갈 쯤까지 학교 성적을 잘 받아오자, 실장님은 내게
다른 학원으로 옮기는 게 좋겠다고 말씀하셨다.
실장님은 엄마에게 연락해서 특목고 입시 학원으로 옮길 것을 제안했다.

정든 학원을 떠날 생각에 아쉬움도 컸지만, 실장님의 제안대로 해야 할
것 같았다.
특목고의 존재도 몰랐지만, 내 미래를 위한 결정인 건 알 수 있었다.
날 아껴주던 실장님이 날 내보내는 것에 강한 아쉬움도 느꼈다.

그렇게 중학교 1학년 겨울 방학, 자의 반 타의 반으로 동네에 두 개 있는
과학고등학교 종합 입시 학원 중 한 곳에 찾아갔다.
간단한 상담 후, 입학시험을 치르기로 했다.

태어나서 처음으로, 손도 못 대는 문제들로 가득한 시험이었다.
난이도를 떠나서, 모르는 내용을 다루는 문제가 많았다.
시험은 못 봤지만, 준수한 학교 성적과 더불어 어찌어찌 학원에 다니게
되었다.

그렇게 다니게 된 학원은 내가 살아온 평범한 세상과 다른 세상이었다.
특목고의 존재조차 몰랐던 나와 달리, 다른 친구들은 대부분 초 5쯤엔
입시를 시작했었다.

어딜 가든 공부로 상위권에 속했는데, 하위권에 속해보긴 처음이었다.

수학Ⅰ, 수학Ⅱ, 물리, 화학, 생물[1], 지구과학.
시간표에 적혀있는 과목 이름부터 너무 생소했다.
수학Ⅰ, 수학Ⅱ이 학원에서 임의로 붙인 이름이 아니라, 공식적인 교육
과정이라는 건 한참 뒤에 알았다.

과학이 네 갈래로 나뉘는 건 충격적이었다.
학교에선 '과학'이란 이름으로 일주일에 두세 시간 배웠는데, 학원에선
네 과목을 각각 두세 시간씩 배웠다.
과학이 그렇게 배울 내용이 많다는 점이 너무 신기했다.

처음 몇 주는, 그렇게 놀라기만 하면서 신세계를 받아들이는 데 쓰였다.
선행학습이 거의 되어 있지 않았던 나는 말 그대로 까막눈이었다.
나중에 수업 내용이 고2, 고3 내용이란 걸 듣고 또 놀랐었다.

그 신세계에서도 첫 번째 물리 수업은 단연, 가장 충격적이었다.
10년은 족히 지난 지금도, 무슨 내용인지 기억한다.

선생님은 칠판에 네모난 건물을 그리고 그 위에 공을 그렸다.
그리고 공에서부터 바닥까지 포물선을 그렸다.
그 옆엔 건물의 높이, 공의 출발 속력과 각도를 적었다.

"자, 여기서 중력 가속도가 10미터 퍼 세크 제곱이라고 가정하면 공이
얼마나 날아갈까?"

<hr>

[1] 지금은 생명과학으로 명칭이 변경되었다.

미터는 알겠고 중력은 들어봤는데, 중력 가속도는 뭐고 세크는 뭐길래
제곱을 하는지 도무지 알아들을 수가 없었다.
문제 풀이에도 알 수 없는 말들이 계속됐다.

"사인 30도는 이분의 일이니깐..."
"공의 가속도는 연직 방향의 중력 가속도만 존재하고..."
"도착 지점에서 공의 속도를 스칼라값으로 나타내면 얼마지? "

암기 과목인 줄 알았던 과학에 각종 연산이 쓰이는 것도 충격이었다.
몇 가지 조건으로 시작해서, 차근차근 연산을 거듭해 미래를 예측해가는
수업 내용이 내 눈을 휘둥그렇게 만들었다.
이해할 수 있는 건 하나도 없었지만, 끝까지 집중했다.

아무것도 이해하지 못한 채, 나는 태어나서 가장 큰 호기심을 느꼈다.
아마도, 그때 내 꿈은 과학자에서 물리학자가 되었다.

그렇게 뜨겁진 않았던

새로운 세상에 발을 들인 지 두어 달이 지나고, 수업 내용을 어느 정도 이해할 수 있게 되었다.
달마다 몇 번씩 시험을 봤는데, 결과는 모두가 보는 복도에 붙였다.
처음엔 꼴찌만 하다가, 점점 꼴찌를 벗어날 수 있었다.

종합적으로 내 위치는 중하위권이었다.
한두 과목은 간간이 상위권에 이름을 올리기도 했지만, 하위권을 벗어나지 못하는 과목도 있었다.
영어는 항상 하위권이었다.

그 중, 물리 성적이 가장 좋았다.
못해도 중위권이었고, 정말 가끔 1등을 차지하기도 했다.
처음 1등을 한 날엔 나도 놀랐는데, 옆 반 친구들이 새로운 이름을 보고 누구냐고 물어보기도 했다.
처음으로 학원 친구의 질문을 받고 기분이 참 좋기도 했다.

학원 생활은 대체로 만족스러웠다.
방학이라 학원에 12시간씩 있었지만, 지식이 빠르게 늘어가는 재미가 쏠쏠했다.
모든 수업이 재밌진 않았지만, 어릴 적 그림책을 읽을 때처럼 재미있는 수업도 있었다.

학원 친구들과도 잘 지냈다.

처음엔 범생이들이라 음침하고 재미없을 거란 선입견을 품고, 재미없는 학원 생활을 예상했다. (본인이 같은 무리라는 건 생각 못하고)
하지만 민망하게도, 나보다 사교적이고 재미있는 친구들이 많았다.

결정적으로, 관심사가 비슷했으며 다들 같은 목표를 갖고 있었다.
학원에서 성적이 어떻든, 수학이나 과학에 흥미가 없는 녀석은 없었다.
각 학교에서 한두 명 나가는 경시대회가 우리에겐 가장 중요했다.
시험에서 실수로 한 개 틀려서 백 점을 놓쳤을 때, 속상한 마음을 학교에선 내색 못해도 이곳에선 쉽게 말하고 공감받을 수 있었다.

같은 공간에서, 같은 목표를 가진 친구들과 12시간씩 지내다 보니 쉽게 동질감을 느꼈다.
서로 잘하는 과목을 가르쳐주기도 했고, 경쟁심이나 열등감이 유별나게 과한 녀석도 없었다.
지금 생각해보면, 한정된 자리를 두고 다투는 경쟁자보단 같은 목표를 향해 가는 동료처럼 지냈던 분위기가 참 좋았었다.

그 와중에, 나는 학원 친구들끼리 노는 데에는 빠지지 않았다.
모범생들을 모아놨어도, 그중에 노는 걸 좋아하는 녀석들이 있었다.
나 역시 학원에서 놀기 좋아하는 무리에 속했다.

점심시간엔 한 시간을 짬 내서 종종 피시방에 갔다.
식사는 컵라면으로 때우고, 57분쯤에 다 같이 학원으로 달려갔다.
가끔 학원 쉬는 날엔 축구도 했고, 선생님 몰래 판치기를 하기도 했다.
담고 있는 지식만큼 두꺼운 교재들은 판치기를 즐기기에 유용했다.

그렇게 별생각 없이 적당히 즐기면서 다녔고, 내 상황에 대해 진지하게 생각하지 않았다.

하위권을 전전하는 내 모습은 애써 외면하며 위기감을 느끼지 않았다.

간간이 상위권에 오를 때면, 가능성에 주목하며 자만심이나 부분적으로 취했다.

각자 학교에서 공부로 날리는 녀석들만 모인 학원에서도, 항상 상위권을 놓치지 않는 녀석들이 있었다.

공부 잘한다는 말만 들어오던 15년 인생에, 처음 보는 인간상이었다.

그곳에서도 공부량이 남다르고 수학, 과학에 정말 미친 녀석들이었다.

녀석들끼리 무리를 형성해서, 공부 얘기를 하는 걸 지독하게 보았다.

처음 보는 인간상을 보고, 어린 마음에 본받을 생각보단 넌더리가 났다.

그 친구들의 노력을 내심 폄하하며, 나도 똑같이 공부하면 저렇게 될 수 있다고 생각했다.

'못' 하는 게 아니라, '안' 하는 것으로 생각했다.

2학년이 되고, 학교에서 과학고등학교 입시반에 다닌다는 사실을 듣고 내게 다른 시선을 보이는 친구들도 있었다.

학원 교재인 '하이탑[1]'을 알아보고 놀라는 친구들도 있었다.

대학 1학년 과정인 일반물리학도 조금 공부했는데, 굳이 학교에 두꺼운 대학 서적을 가져가서 은근히 뽐내기도 했다.

(책이 무겁고, 공부에 집중도 되지 않아 한두 번 하곤 그만뒀다.)

실상은 하위권을 전전하며 별 볼 일 없어도, 친구들의 그런 시선에 괜히 우쭐하곤 했다.

---

[1] 고등학교 과학 영역 참고서이지만, 입시에 초점이 맞춰져 있지 않으며 고등학생 참고서 치고 깊이 있는 내용을 다룬다. 주로, 영재고나 과고 준비생들이 본다.

그러다 2학년 여름쯤, 그 중요한 시기에 사춘기가 세게 왔다.
당시엔 사춘기라 생각하지 못했지만, 정서에 극적인 변화가 일어났었다.
맹목적으로 어른들의 말대로만 하다가, 스스로 판단하기 시작했다.

공부하기가 너무 귀찮아졌고, 친구들과 노는 건 너무 재밌었다.
엄마와 선생님의 통제에서 벗어나며 작게 반항하기 시작했다.
처음으로 새벽까지 친구와 놀기도 했다.
엄마 전화를 일부러 받지 않기도 하고, 선생님에게 처음으로 거짓말을
했다.

하루는 아무 이유 없이 학원에 가지 않았다.
학원에 있을 시간에, 떨리는 심장을 부여잡고 친구와 놀았다.
하지만 걱정이 무색하게 한 소리 듣는 정도 이외에 별다른 일이 생기지
않았다.

이후에도 학원을 종종 빠졌다.
빠지는 횟수가 늘수록, 점점 대수롭지 않게 여겼다.
결석한다고 곧바로 큰일이 생기진 않았지만, 점점 상황은 나빠졌다.
학원 분위기를 흐리는 요주의 인물이 되어, 학원 선생님과 상담도 했다.

결국, 선택의 갈림길에서 나는 쾌락을 선택했다.
학원 가기가 귀찮아서, 친구들과 더 많이 놀고 싶어서, 엄마의 만류에도
학원을 스스로 그만두었다.
뒤늦게 합류해서 간신히 중하위권에서 달리던 레이스에서, 나는 그렇게
스스로 이탈해버렸다.

처음에는 자극적이었던 쾌락은 시간이 지날수록 점점 익숙해졌다.
하루하루 노는 게 참 재밌었는데, 계속 반복되다 보니 식상해져갔다.

내가 뭘 하는 건지 의구심이 들기 시작했을 땐, 6개월이 지나있었다.
그동안 학교 성적은 눈에 띄게 떨어져 있었다.
너무 익숙해서 당연했던, 우수했던 내 모습을 잃고 충격을 받았다.

항상 지니고 있었던 내 모습을 잃고 나서 정신이 들기 시작했다.
그제야, 언제부턴가 멈춰 서 있는 내 모습과 덧없이 흘러가 버린 시간이
눈에 들어왔다.
그동안의 방황과 바보 같은 선택에 대한 후회가 물밀려 들었고, 시간을
다시 되돌리고 싶었다.

우수한 친구들과 같은 목표를 향해 빠르게 발전하던 때가 그리웠다.
지루한 학교 수업에 말고, 호기심을 자극하고 따라가기 벅찼던 수업이
듣고 싶었다.
물리학자라는 꿈을 품게 해준 그 공간으로 다시 돌아가고 싶었다.

하지만 그동안의 방향 잃은 선택엔 책임이 따랐다.
원래도 앞서가던 친구들은 멈추지 않았고, 나는 다시 저 멀리 뒤쳐졌다.

날이 추워질 때쯤, 그만뒀던 학원에 다시 찾아갔다.
하지만 재입학 시험 점수는 형편없었고, 나에 대한 평가도 좋지 않았다.
학원에선 이전에 두각을 보이지 못했고, 마지막엔 반항기도 보이며 물을
흐린 나를 다시 받아주지 않았다.

나에게 희망을 놓지 않은 사람은 엄마가 유일했다.

엄마는 정신 차린 날 위해 새로운 입시 학원을 찾아 다녔다.

동네에 다닐 만한 종합 학원은 없었고, 단과 학원을 따로 등록해야 해서 학원비가 몇 배 비쌌다.

그렇게, 이전과 달리 나의 판단과 욕구로 학원을 다시 다니기 시작했다.

학원에 빠지는 일은 없었고, 수업도 이전보다 열심히 들었다.

3학년이 된 나는 그렇게, 마음을 다잡고 다시 공부를 시작했다.

학원비가 비싼 탓인지, 경시대회 준비반은 더 심화적이었다.

과학을 네 갈래로 나눈 걸로 모자라, 물리를 네 과목으로 나눠 배웠다.

대부분 서울대를 나왔다는 학원 선생님들은, 나를 포함해 호기심을 질질 흘리고 다니는 어린 물리학도들을 보고 군침을 흘렸다.[1]

처음 물리학을 접했던 때처럼 신선했다.

수업 시간은 자연의 비밀을 하나씩 파헤치는 탐험 같았다.

듣기만 해도 가슴이 웅장해지는 블랙홀이나 핵융합이라도 배우는 날엔 그림책을 보던 꼬마로 돌아갔다.

가장 신기한[2] 지식들은 합격엔 크게 도움 되지 않아서, 겉으로만 배우는 느낌이었다.

그 얕은 지식들은 뇌리에 깊숙이 박혀, 그 이면을 적나라하게 마주하는 미래를 꿈꾸게 했다.

그렇게 입시생치곤 꽤 순수한 마음으로, 가장 지식을 많이 쌓는 시기를 보냈다.

---

[1] 내 경험상, 물리학도를 자처하는 사람 대부분은 물리학을 그냥 좋아하지 않는다. 그런 사람에게 물리학 이야기를 꺼내면 귀에서 피가 날 수도 있다. 필자도 먹잇감을 포착하면 가만 두지 않는다.
[2] 동시에 가장 어려운. 대부분 <현대물리학>으로 분류되는, 1900년대 이후에 밝혀진 지식들.

그래도 과학고등학교 입학이라는 목표가 있었던 건 분명했다.
내가 어떤 방식으로 공부하든 과학고등학교 입학시험은 다가왔다.
시험이 다가올수록, 순수하게 공부할 생각만 할 순 없었다.

깊이 생각해보지 않아도, 목표를 이루는 건 거의 불가능했다.
안 그래도 입시를 늦게 시작했는데, 방황하는 동안 까먹은 내신 점수는
치명적이었다.
그렇다고 그 점수를 뒤집을만한 수상 경력도, 실력도 없었다.

마음을 다잡았다지만, 6개월의 표류를 만회할 정도로 치열하지 못했다.
가장 잘 보고 싶었던 물리 경시대회는 전날에 잠을 설치고 고작 동상을
수상했다.
물리를 제외한 다른 과목들은, 일찍이 공부를 시작한 친구들에 비하면
여전히 부족했다.
특히, 영어 공부는 그렇게 재미가 없어 열심히 하지 않았다.

가장 열심히 준비했던 경시대회도 끝나고, 목표는 도저히 닿을 수 없어
보이니 의욕을 점점 잃었다.
이룰 수 없는 목표는 그만 놓아줄 때가 되었다고 생각했다.
지원 기간이 얼마 남지 않은 어느 날, 엄마에게 과학고를 포기하겠다는
문자를 보냈다.

문자를 보내고 나니 눈물이 쏟아졌다.
한계에 부딪혀 몇 년간의 도전을 이제 멈춰야 한다는 게 서러웠다.
그렇게 울다가 잠이 들었다.

도어락이 눌리는 소리에 잠에서 깼고 엄마가 곧장 내 방으로 들어왔다.

"괜찮아, 철영아... 수고했어..."

엄마는 여전히 한기가 느껴지는 외투를 입은 채, 나를 꼭 안아주었다.
나는 엄마에게 안긴 채로 또 울었다.

엄마는 목표는 포기했어도, 끝까지 해보라고 얘기했다.
나도 공부하기가 싫진 않아서, 학원을 그만두지 않고 공부를 이어갔다.

그리고 입학 전형을 알아보니 공립이라 그런지, 정원 외 전형으로 국가
유공자 자녀를 선발하고 있었다.
원래는 응시도 못 할 서류지만, 아버지 덕에 시험 치르러 갈 순 있었다.
이대로 그냥 끝내기보단, 내 첫 번째 도전을 제대로 기념하고 싶었다.

경기북과학고등학교 입학시험은 금요일과 토요일, 이틀에 걸쳐 있었다.
엄마는 16살의 어린 아들을 배웅하고 싶어 했지만, 직장에 가야 했다.
첫 번째 시험 날은 혼자 학교를 찾아가야 했다.

혼자서 도시 밖을 나가는 건 처음이라, 엄마가 걱정을 많이 했다.
새로운 곳으로 떠나는 게, 가고 싶은 학교를 드디어 찾아간다는 게 뭔가
설레기도 했다.
전날에 가는 경로를 미리 알아두고, 엄마에게 교통카드도 받았다.

쌀쌀한 날씨에, 옷을 두껍게 입고 상쾌하게 집을 나섰다.
고양시에서 의정부시에 있는 경기북과학고등학교로 처음 타보는 공항

리무진 버스를 타고 찾아갔다.
수학여행이나 수련회에 갈 때 한 줄에 4자리씩 있는 버스만 타보다가,
한 줄에 널찍하게 3자리만 있는 리무진 버스도 신기했다.

넓은 좌석에 누워 MP3[1]로 음악을 듣다 보니 스르르 잠이 들었다.
한적한 곳에 멈춘 버스에서 내리곤, 택시를 타고 학교로 찾아갔다.
도착한 학교 운동장엔 승용차 여러 대와 버스가 몇 대 있었고, 한두 명
어른이 여러 학생을 인솔하는 모습도 보였다.

시간이 조금 남아, 학교 시설을 둘러보았다.
그리곤 건물 하나를 통째로 실험동으로 쓰이는 것에 압도되었다.
한 학년에 고작 100명인데, 물리, 화학, 생물, 지구과학 실험실이 하나씩
있었다.

그 외에도 각자의 용도가 있어 보이는 여러 건물이 보였다.
내가 다니는 중학교는 600명이 넘는 전교생이 빨간 벽돌로 된 투박한
건물 하나를 다 같이 썼다.
그리고 딸랑 하나 있는 과학실은 일 년에 한두 번 갔다.
압도적인 시설을 가진 이곳에서 똑똑한 녀석들과 함께 교육받을 상상을
하니 마음이 아렸다.

잠깐 학교를 둘러보다 무리들을 따라 강당으로 향했다.
강당에 혼자 앉아 주위를 둘러보니, 다니던 학원 친구들을 쉽게 찾을 수
있었다.
일 년 넘게 보지 못했던, 함께 공부했던 친구들과 반갑게 인사했다.
처참한 점수로 알기에 약간 놀란 눈치를 보이는 선생님과도 어색하게

---

[1] 핸드폰으로 거의 전화와 문자만 가능하던 시절, 음악을 듣는 데만 이용하던 전자기기. 스마트폰
이 출시되면서 거의 사장되었다. 지금도 마니아 층이나 특수하게 사용하는 사람이 있다고 한다...

인사했다.

시험은 오전과 오후로 나뉘어 있었다.
오전 시험을 모두 마치고, 급식실에서 점심을 제공해줬다.
학교 내부를 천천히 구경하며 급식실로 향했다.

약간은 익숙해진 학교 내부에서, 급식을 먹고 다시 한번 놀랐다.
식판에 받아먹은 식사 중에, 지금까지도 단연 최고로 맛있었다.
실험실은 4개씩이나 있고, 한 반에 20명[1]의 소수 정예 인원으로, 이렇게
맛있는 급식까지 먹는다는 게 너무 부러웠다.

다음 날은 엄마의 배웅을 받아 학교에 갔다.
물리 시험은 자신 있게 봤지만, 나머지 과목은 그저 그렇게 봤다.
영어 시험은 형편없게 봤다고 생각했다.

학교를 나오며 불합격을 직감했다.
다시 없을 도전이 끝나는 게 너무 아쉬웠다.
이렇게 떠나면 다시 오지 못할 생각에, 발걸음이 너무 무거웠다.

기다리고 있던 엄마에겐 그냥 씁쓸한 웃음을 지어 보였다.
엄마는 수고했다며 나를 안아주었다.
집으로 돌아오는 길에는 비가 내렸다.
조수석에 앉아, 창문을 두드리는 빗줄기를 바라보며 생각에 잠겼다.

내 인생 첫 번째 목표였고, 도전이었다.
학원을 그만두지 않았다면 결과가 달랐을까.

[1] 필자의 중학교 학급 정원은 40명이 조금 넘었다.

왜 최선을 다하지 않았을까.

아쉬움, 미련, 후회의 감정이 뒤섞이며 눈물이 나왔다.
엄마에겐 눈물을 보이고 싶지 않아 계속 창밖을 봤다.
고개를 돌리지 않고 소리 없이 눈물을 흘렸다.
그렇게 하염없이 눈물을 흘리다 잠이 들었던 것 같다.

그렇게, 나는 16살에 처음으로 좌절을 맛보았다.
처음 경험한 좌절은 너무나도 씁쓸했다.

내가 걸어온 길은 더 이상 갈 수가 없었다.
걸어오던 길을 계속 나아갈 친구들과 달리, 나는 다른 길을 찾아야 했다.
이제 당분간 심도 있는 과학 공부를 하지 못하고, 물리에 대한 나의 지적
호기심을 채워줄 곳도 없다는 것에 공허함을 느꼈다.

다신 후회하지 않으리라 다짐했다.
고등학교에 가면, 다른 건 관심도 두지 않고 공부만 하리라 마음먹었다.
함께 공부하던 친구들과 대학에서 다시 만나야겠다고 생각했다.

카이스트는 2학년에게도 지원 자격이 주어진다는 것도 알아보며, 혼자
다른 공부를 이어가 보려 했다.
지역 내에서, 가장 공부를 많이 시킨다는 고등학교에 지원했다.
입학 전, 다짐의 의미로 8mm 반삭발을 했다.

영유아기 이후 첫 반삭발의 비주얼은 좀 충격적이었다.
엄마도 민둥민둥한 내 모습을 처음 봤을 때, 3초간 알아보지 못했다.

순간 모르는 사람이 집에 있어 놀랐다며, 박장대소했다.

그렇게 변한 겉모습처럼, 나의 각오는 꽤 비장했다.
고등학교도 지역 내에서 가장 공부를 많이 시키는 학교를 선택했다.
이전 학원처럼, 심도 있게 공부할 수 있는 학원은 없을 것 같아서 스스로
공부하길 계획했다.

꽤 멀리 있는 고등학교에는 아는 친구도 별로 없었다.
놀 시간에 공부하겠다는 마음으로, 친구도 조금만 사귀려 했다.
밤 10시에 끝나는 야간자율학습 시간엔 집중이 끊기지 않았고, 주말엔
도서관에 갔다.

하지만 같은 반 친구 중에 나와 비슷한 생각으로 학교에 다니는 친구는
없었다.
고등학교 입학하자마자 대학 생각을 하는 친구도 없었고, 물리 공부를
하지 못해 아쉬워하는 친구도 없었다.
대부분 친구는 공부보다 축구를 잘하는데 관심이 더 많았다.

"볼 차라."

매일 12시간 씩[1], 의자에 앉아있기만 강요받는 10대 남학생들[2]이었다.
일주일에 두세 시간, 체육 시간에 던져주는 축구공 하나는 혈기 왕성한
남학생 40명에게 유일한 분출구였다.
나도 운동장에서 마음껏 뛰는 그 시간은 참 즐거웠다.

공부만 하겠다고 마음먹었지만, 반 친구들과 그렇게 친해졌다.

[1] 2011년 경기도학생인권조례가 시행되기 전, 야간 자율 학습을 강제할 수 있었고 체벌도 있었다.
필자가 고등학교 1학년이던 2010년까진 야간 자율 학습이 강제였고, 많이도 맞았다.
[2] 필자의 학교는 남녀 공학이었으나, 분반이었다. 대부분 남학생들에게 여학생이란, 존재하지만
존재하지 않는 그런 존재였다.

머리 길이도 꽤 자라고, 독했던 내 마음도 많이 희석됐다.
처음엔 같이 놀자는 친구들의 말에 흔들리지 않았다.

하지만 인생 첫 실패에서 온 동기부여는 3개월간 지속됐다.
언제부턴가 나도, 함께 야간자율학습 시간에 도망 나와 피시방에 갔다.
그리고 다음 날이면, 복도에 엎드려 사이좋게 엉덩이를 맞았다.

그렇다고 사춘기 때처럼, 공부를 놓을 정돈 아니었다.
단지, 스스로 관리하다 보니 꼼꼼하거나 성실하지 못했다.
수학과 과학은 높은 성적을 유지했으나, 다른 과목은 특출나지 못했다.

그렇게 적당히 공부하고, 적당히 놀았다.
그러다 가끔, 물리학자를 꿈이 상기될 때도 있었다.
동시에, 내가 아직 특별하다는 희망을 품었다.

한 번은 특별 활동으로 간이 논문을 쓰는 수업이 있었다.
수업 소개를 듣자마자 물리학에 관한 내용을 쓰고 싶었다.
이내, 물리학의 가장 유명한 이론인 상대성 이론에 대해 써보기로 했다.

과거 학원에서 간단히 배웠던 이론이라, 관련 대학 서적을 하나 샀다.
이미 다 배운 고등학교 교과서만 보다가, 두껍고 모르는 내용이 가득한
대학 서적을 보니 다시 지적 호기심이 일었다.
두꺼운 서적을 참고하며, 어설픈 고등학생의 간이 논문을 완성했다.

절대 천재적이지도, 특별하지도 않은 건 알았다.
그래도 오랜만에 새로운 물리 지식을 습득한 게 재밌었다.

혼자 이 어려운 내용을 공부했다는 게 뿌듯하기도 했다.

2학년부터 치러진 교내 과학 경시대회에선 물리 부문에 연속으로 1등을
차지했다.
2학년 땐 전교 1등이 3등에 이름을 올렸고, 3학년 땐 2등과 30점 정도
차이를 냈다.
뿌듯하고 기분이 좋으면서도, 나보다 잘난 녀석들이 많아서 중하위권을
전전했던 학원이 그리웠다.

가끔은 과학고에 다니는 친한 친구를 만났는데, 만날 때마다 학교생활이
어떻게 다른지 물었다.
내신은 학점제였고, 수업을 선택해서 듣는다는 게 참 부러웠다.
그리고 그곳에서도, 최상위권은 변하지 않는다고 말해줬다.

나도 주입식 교육 대신, 우수한 친구들과 우수한 교육을 받고 싶었다.
과거 2년 동안 배운 내용을 3년 동안 복습하고 싶지 않았다.
나와 다른 세상에 있는 친구가 참 부러웠다.

그렇게 평범하지만, 때론 특별해지고 싶어 하며 3년을 보냈다.
대학교 원서를 쓸 때가 되고, 물리학과를 지원하는 데에 일말의 고민도
하지 않았다.
나는 수학과 과학만 잘했기에 정시보단 수시 전형이 유리해 보였다.

그리고 학자를 꿈꾸는 사람으로서, 소위 'SKY'라 불리는 대학 정도는
가야겠다고 생각했다.
수시 전형으로 고려대학교나 연세대학교는 해 볼 만해 보였다.

서울대학교는 수시 전형도 높은 내신 점수가 필요해서 단념했다.
수시는 최대 6번까지 지원할 수 있었지만, 고려대와 연세대 두 학교에만
지원했다.

하지만 거만한 지원이 겸연쩍게, 수능에서 사상 최악의 점수를 받았다.
수시 시험에 응시할 수 있는 최저 점수도 넘지 못했다.
가장 중요한 수리[1] 영역은 마킹 실수까지 저질렀다.

고등학교 입시와 달리, 대학 입시는 재도전의 기회가 주어지기에 망설임
없이 재도전을 결심했다.
성적표를 받은 날 책상 위에 성적표를 던져놓고 침대에 엎어져 있는데
엄마가 들어왔다.

"철영아 그래도... 재수는 한 번 고민해 보는 게 어때? "
"...."
"(책상 위에 성적표를 집어 들고) 어이쿠... 재수해야겠네..."
"...."
"쉬어..."

---

[1] 13학년도 수능까지는 현재 '국어', '수학', '영어' 인 명칭이 '언어', '수리', '제 1외국어' 였다. '국
수영' 대신 '언수외'였다. '언수외'가 편한 사람은 최소 30대 이상.

오르지 못 할 나무

주변에 재수하는 친구들은 대부분 종합 재수 학원을 등록했다.
나는 학원비가 비싸기도 했고 스스로 벌을 주고 싶었는지 학원에
다니기를 거부했다.
엄마는 내가 공부에 집중할 수 있게 하려고 고향과도 같은 일산을 떠나
수원으로 이사 갔다.

대화할 사람이라곤 엄마밖에 없는, 사람 많은 무인도 같았던 타지에서
독서실을 등록하고 혼자 공부했다.
혼자만의 시간이 너무 많았고, 사색의 깊이도 그만큼 깊어졌다.
그렇게 고독한 나날 중 어느 날, 나는 과연 내 거룩한 꿈을 이룰 자격이
충분한지 의문을 들었다.

나는 단지 물리학과를 진학하는 게 목표가 아니었다.
타인의 발자취를 좇는 게 아니라, 세상에 밝혀지지 않은 미지의 세계를
앞장서서 직접 탐구하고 싶었다.
적어도 세계적인 연구소에 들어가거나, 아인슈타인이나 슈뢰딩거처럼
세계적인 학자가 되고 싶었다.

이전까지는 밝은 미래만 그려보다가, 처음으로 최악의 경우를 진지하게
생각해보았다.
물리학과를 진학했으나, 한계를 느껴 학자가 되기를 포기하게 될 미래를
상상해보았다.
누군가에게 월급을 받으며, 내 지식을 단순히 생계를 유지할 수단으로

쓰게 되겠다고 생각했다.

미지의 세계는커녕, 단순히 생계를 유지할 수단이 되는 건 원치 않았다.
월급쟁이가 되어 시키는 대로 할 거라면, 돈이라도 많이 받는 게 낫다고
생각했다.
최고가 되지 못한다면, 사회적으로 수요가 더 높은 공과대학에 진학하는
게 낫다고 생각했다.

그렇게, 스스로 시험대에 올릴 생각을 했다.
수능을 통해 갈 수 있는 곳 중에 최고의 물리학도가 모이는 곳에 가지
못한다면, 꿈을 놓아야겠다고 생각했다.
작년엔 생각도 하지 않았던, 서울대학교 물리천문학부[1]에 입학하는 걸
목표로 삼았다.

새로운 목표엔 새로운 전략이 필요했다.
수시 전형이 내게 유리했지만, 서울대는 내신 점수가 높아야 수시 시험
자격이 주어졌다.
주어진 상황에서 수능에서 엄청난 고득점을 받아 정시를 노리는 방법이
유일했다.

국어와 영어에 특출나진 않았기에 가능성이 크지 않은 걸 알고 있었다.
유리한 상황은 아니지만, 이 정도의 시련도 극복하지 못한다면 꿈을 꿀
자격이 없다고 생각했다.
실패할 경우를 고려해서, 대충 공과대학의 이름을 훑어보니 기계공학이
물리학과 가장 관련이 커 보였다.

그리고 수시 전형은 일종의 안전장치로 생각했다.
실패를 대비해 전략을 세우는 게 썩 내키지 않아 깊이 생각하진 않았다.
작년처럼 하려다, 또 연세대엔 지원하지 않았다.

수능 전에 실시하는 수시 전형에 합격하면, 정시 지원 자격이 박탈됐다.
연세대는 수능 전에 논술 시험이 있었고, 고려대는 수능 뒤에 있었다.
그래서 수시는 고려대학교 기계공학부 단 한 곳에만 지원했다.

그리고 다시 수능을 망쳤다.
그리 간절하지 않았던 탓인지 하기 싫은 국어, 영어 공부에 소홀했다.
고독과 싸움에서도 여러 번 패배하며 공부에 온전히 집중하지 못했다.

서울대는커녕, 고려대 수시 시험 자격도 얻지 못할 점수라 생각했다.
집으로 향하는 버스가 영화 '센과 치히로의 행방불명'에서처럼 다른 차원
어딘가로 사라져버리길 상상했다.
그런 일은 일어날 리가 없었고 무거운 발걸음을 옮겨 집에 돌아왔다.

채점해보니 턱걸이로 논술 응시 자격이 주어지는 최저 점수를 넘겼다.
서울대는 턱도 없었지만, 일주일 뒤 고려대 논술 시험은 응시할 자격이
있었다.
서울대고 뭐고, 일단 일주일간 최선을 다해 논술 시험을 준비했다.
여섯 번의 기회가 주어짐에도 객기로 단 한 곳에만 지원했던 두 달 전의
나를 원망했다.

다행히, 한 번의 기회를 놓치진 않았다.
처음에는 기뻤다.

길고 고독했던 재수가 끝났기에,
아무것도 아닌 수험생에서 사회적으로 인정받는 학교의 학생이 되었기에,
주변에서 많은 축하와 약간의 시샘을 받았기에,
안전장치 덕에, 삼수의 위기에서 벗어나 진학에 성공했기에.

하지만, 설정한 목표에는 다다르지 못한 실패였다.
몇 개월 전 결심에 따르면, 나는 나의 거룩한 꿈을 꿀 자격이 없었다.
목표를 달성하지 못하면 꿈을 놓아주기로 스스로 약속했다.

하지만, 강한 미련이 오랜 꿈을 놓아주려 하지 않았다.
태초부터 이어져 온 꿈이었다.
그간, 꿈을 꾸며 느꼈던 행복한 성취감을 계속 느끼고 싶었다.
다른 꿈은 꾼 적도 없는데, 이렇게 한순간에 포기할 수 없었다.

합격의 기쁨은 잠시였고, 내 꿈에 다시 도전할 방법을 강구했다.
다시 수험 생활로 돌아가기엔 확신도 없었고 너무 두려웠고, 안전하게
학교에 다니다 다시 수능을 보기로 마음먹었다.
패기로운 재도전보다는, 구차한 현실 도피였다.

내가 실패한 가장 큰 이유는 부족한 재능과 불성실함이었다.
재능이 너무 특별해서 눈부실 정도도 아니었고, 부족한 재능을 덮을만한
성실함도 없었다.
이미 비슷한 이유로 몇 번을 실패했고, 다시 도전해도 비슷할 거라는 걸
어렴풋이 알고 있었다.

알고 있지만, 인정하기가 너무 힘들었다.

고려대 다니며 1,000명이 넘게 수강하는 일반물리학 시험에서 매번 1%
내외의 고득점을 받을 때,

고등학교 때, 내가 1위를 차지했던 경시대회에서 3위를 한 전교 1등은
서울대 물리천문학부에 갔다는 소식을 들었을 때,

그때마다, 내 한계를 외면하고 미련에 더욱 사로잡혔다.

빈 마음으로 몸만 입학한 고려대에서 어영부영 한 학기를 보냈다.

소속감 없이, 떠나고 싶은 마음이 먼저였다.

동기들이 새내기 생활을 만끽하는 동안, 나는 학교생활도 수험 생활도
제대로 하지 못했다.

학연으로 제일가기로 유명한 고려대학교는 학교 행사가 대단히 많았다.

1학년 땐 연세대학교와 교류 행사도 많았다.

착한 동기들이 겉돌기만 하는 내게 참여 여부를 물어봐 주기도 했는데,
난 아무것도 참석하지 않았다.

두꺼운 대학 서적이 잔뜩 펼쳐진 학교 도서관에서 얇은 수능 문제집을
펼치기가 부끄러웠다.

다들 앞을 보고 나아가는데, 혼자 지난 일에 얽매여 멈춰있는 것 같았다.

나는 대학생도 아니었고, 그렇다고 수험생도 아니었다.

고민 끝에 2학기는 휴학계를 제출했다.

둘 다 제대로 신경 쓰지 못할 바엔, 하나에 집중하고 싶었다.

최선을 다하지 않았다는 핑계를 두어, 미련을 또 자극하고 싶지 않았다.

그리고 세 번째 수능을 봤다.

결과는 예상대로였다.

이번에도 역시, 단기간에 괄목하게 변하지 못했다.

겉보기에는 아무 결과도 얻지 못한 반년이었다.

하지만 시간을 낭비했다고 생각하진 않았다.

오래도록 소중하게 품어 온, 나의 거룩한 꿈을 놓는 데에 쓰인 시간이라

생각했다.

방황

떠나고 싶어 했던 곳이지만, 다시 날 받아줄 곳이 있었다.
또 실패했으니, 단념하고 고려대학교에 복학했다.
복학하고는, 열심히 다니려고 했다.

이제 오를 수 없는 나무는 쳐다보지 않으려 했다.
하고 싶은 것은 아니어도, 내가 할 수 있는 것에 최선을 다하려고 했다.
꿈을 포기했어도, 주어진 상황에 만족하고 충실해보려고 했다.

물리학자의 꿈을 포기한 대신, 비슷한 학자의 길을 걸어보기로 했다.
일단 대학원에 진학해보고 높은 수준의 지식을 다루는 사람이 돼보기로
했다.
전공을 딱히 못 하지도 않았기에, 즐길 수 있을 거로 생각했다.

하지만, 전공 공부는 내가 생각한 것보다 훨씬 재미없었다.
처음엔 시간이 지나면 적응될 거로 생각했다.
현재를 참아내면, 미래에 어떤 보상이 찾아올 거라 믿었다.

하지만 학년이 오르고, 더 심화해 배울수록 흥미가 떨어졌다.
시간이 지나도 즐거움을 찾을 수 없었다.
강의실에서 가르치는 많은 것들에 호기심 대신 의구심이 들었다.

이유보다 결과를 중시하는 느낌이 드는 수업에 흥미를 느끼지 못했다.
많은 지식들에 추후 쓰임이 없을 것 같은 생각이 들었고, 공부할 의욕이

생기지 않았다.
인터넷에서 쉽게 찾을 만한 단순 정보는 왜 외워서 시험을 봐야 하는지
도무지 이해가 할 수 없었다.

공과대학의 높은 등록금의 이유라는 실험 수업은 더 실망스러웠다.
대부분의 실험 장비가 노후했고, 실험 내용은 더 노후해 보였다.
실험 장비가 작동하지 않아, 조교가 머쓱하게 불러주는 과거 실험값으로
실험 보고서를 써오기도 했다.

몇몇 교수의 실망스러운 모습도 큰 회의감을 들게 했다.
대학원생에게 재떨이를 던지곤 했다는 교수.
실력 없는 어린 여자친구를 자기 연구실에 들인 교수.
출세에 눈이 멀어 연구는 안중에 없는 교수.
막연히 존경심을 품었던 직업의 실체는 다소 충격적이었다.

학자를 꿈꾸었고 여전히 학문의 가치를 존엄하게 여기는 사람으로서, 큰
실망감과 회의를 느끼지 않을 수 없었다.
과거부터 상상해왔던, 순수한 호기심으로 지식을 탐구하며 서로 견해를
나누는 모습은 존재하지 않는 것으로 보였다.
실망과 회의로 얼룩덜룩해진 이 길을 걸어갈 자신이 없었다.

그 와중에, 내 삶엔 계속해서 불운이 찾아왔다.
현재를 감내해도, 미래에 행복이 찾아올 거란 믿음이 점점 사라졌다.
그저 외롭고 공허했다.

지금 할 수 있는 것을 하기가 점점 힘들어졌다.

항상 행복했던 과거들을 그리워했다.
꿈과 목표가 있었을 때, 오르지 못할 나무라도 쳐다봤던 때가 그리웠다.
사무치게 외로운 와중에, 과거가 너무 그리워 나아갈 수가 없었다.

어떻게 해야 행복할 수 있는지 방법을 찾을 수 없었다.
점점 막연하게 행복을 기다리기가 지쳐갔다.
미래가 전혀 기대되지 않았다.

야속하게 흘러가기만 하는 현실을 외면하고 싶었다.
매일을 게임 속에 들어가, 현실에서 도피했다.
피시방에서 밤을 새우고 아침, 점심까지 게임을 하다 집에 들어가는 게
일상이었다.

많은 날을, 지저귀는 새소리가 들려올 때 첫차에 올라타며 집에 갔다.
해도 뜨기 전인데, 버스 안에는 항상 어딘가로 향하는 사람들이 있었다.
내가 억지로 하루를 끝내는 시간에, 무거워 보이는 뒷모습으로 하루를
시작하는 그들의 삶은 어떤지 궁금했다.

'저들이 오늘을 살아가는 힘은 뭘까.'
'저들은 무엇을 위해 이 시간에 눈을 비비며 집을 나섰나.'

과거엔 그들을 보며 부끄러운 생각도 했었지만, 이제는 부러웠다.
살아갈 의욕이 있고 이유가 있는 그들이 부러웠다.
어떻게든 매일을 살아갈 그들처럼 되고 싶었다.

그저 매일을 살아갈 수 있는 의욕이 생기길 바랐다.

사랑받고 싶고, 꿈을 다시 갖고 싶었다.
행복하고 싶었다.

그런데, 형이 죽었다.
본격적으로 우울에 잠식되어 갔다.
수업은 종종 빠지던 수준에서, 거의 모든 수업에 가지 않게 되었다.

하루하루 시간만 보내다 보니, 중간고사가 코앞으로 다가왔다.
어떻게든 억지로, 도서관에 몸을 이끌고 갔다.
책을 펴는데 문득, 내가 지금 왜 공부를 해야 하는지 의문이 들었다.

나는 공부하는 것에 어떠한 행복도 느끼지 못하고 있었다.
또한, 공부를 해서 쟁취할 수 있는 미래에서도 행복을 찾을 수 없었다.

'나는 무엇을 위해서 지금 여기에 앉아 공부를 하고 있는 거지?'
'이렇게 살아서 10년 뒤에 나는 행복할 수 있을까?'
'지금이나 미래에나 행복하지 않을 텐데, 나는 뭘 하고 있는 거지?'

불현듯 떠오른 의문이 내 머릿속을 헤집었다.
생각이 꼬리를 물어 멈추지 않았다.
내 행동을 정당화할 수 있는 이유를 도무지 찾을 수 없었다.

내 형이, 나보다 고작 3살 더 많은 내 형이 허무하게 세상을 떠났다.
한 사람의 인생이 언제 끝날지 모른다는 현실을 피부로 체감했다.

지금의 나는 어떤 만족감이나 성취감도 느끼지 못하고 있다.

그냥 꾸역꾸역 버티다 보면 언젠가 좋아질 거란 막연한 기대감뿐이었다.
그런데 가까운 미래에 내 인생이 끝난다면, 도서관에 앉아있는 지금 이
시간은 나에게 과연 어떤 의미를 가질까.

그렇게 피어난 의문은 나를 계속 괴롭혔고, 매일매일 생각해도 결론은
없었다.
그저 이대로 살면 불행할 거란 생각만 같았다.
어떻게든 삶의 의미를 찾고 싶었다.

더 이상 억지로 불행한 삶을 버티는 것에 의미를 찾을 수 없었다.
나아지기 위해선, 어느 방향이든 변화가 필요하다 생각했다.
하지만 혼자 의미 있는 변화를 일으킬 방법도 모르겠고, 힘도 없었다.
누군가 날 도와주길 바랐다.

그렇게 상담 센터를 찾아갔었다.

여행

"음... 그러면 지금은 꿈이 없어요? "
"네..."
"물리를 다시 할 생각은 없어요? "
"네. 적어도 당분간은 하고 싶지 않아요."
"그럼 철영 씨가 좋아하는 건 뭐가 있을까요? "
"저는... 게임이랑 여행... 음악... 미술... 봉사...를 좋아해요."
"음... 그럼 그런 것들을 해보는 게 어때요!"
"음악이랑 미술은... 직업으로 삼기에는 인맥도 없고 배운 것도 없고...
게임을 직업으로 삼고 싶진 않아요."
"그럼 봉사는요? "
"봉사도... 흠... 이때까진 직업으로 삼을 생각은 안 해봤어요."
"인턴 같은 거라도 알아보는 게 어때요? "
"생각해봐야겠네요."

지금까지는 내가 공부해온 것 안에서 진로로 삼아야 한다는 고정 관념에
사로잡혀 있었다.
가장 잘하는 것이고, 오랫동안 해 온 것이니깐 그래야 한다고 생각했다.
그게 가장 나를 위한 길이라 믿었다.
어디서도 행복을 찾지 못하게 되고서야, 그 믿음이 깨졌다.

아무리 값진 것을 쥐고 있다 한들, 행복하지 않을 수 있다.
이젠 내가 행복해질 수 있는 길로 가고 싶다.
찾아내기가 쉽진 않겠지만, 지금 가는 길은 아니라고 생각한다.

“요즘 지내는 건 어때요? ”
“제일 힘들었을 때에 비하면 나아졌는데... 여전히 학교도 다니기 싫고
의욕도 별로 없고 그래요.”
“우울증에 걸리면 가장 힘든 게 뭔지 알아요? ”
“음... 글쎄요...”
“일상을 유지하는 게 가장 힘들어요.”
“아...”

지칠 대로 지쳐버린 나는 휴식과 전환이 필요했다.
그리고 내가 하고 싶고, 할 수 있는 게 무엇일까 고민하고 싶었다.
학업을 이어갈 이유도 없었고, 이내 휴학을 결심했다.

“휴학하고 뭐하고 싶어요? ”
“일단 쉬고 싶어요.”
“하고 싶은 건 없어요? ”
“음... 글쎄요... 여행...? 가고 싶어요.”
“여행 어디로 가고 싶어요? ”
“그냥 바다를 보고 싶어요.”
“여행 말고는 또 없어요? ”
“하고 싶은 일을 찾고 싶어요.”

학업을 내려놓을 결정은 했지만, 뭘 해야 할지는 아직 모른다.
내가 즐겁게 할 수 있으면서, 생계를 이어갈 사회적 가치도 있어야 한다.
언젠가부터 예술에 대한 동경이 있긴 했지만, 배운 게 하나도 없었다.

"좋아요. 제가 이번 주는 숙제를 드릴게요. 바다 보고 싶다고 했죠?
여행 가서 보고 오세요."
"네? "
"숙제에요. 다음 상담까지 바다 갔다 오기."
"아, 네... 알겠습니다."
"다음에 봐요~"
"네. 감사합니다. 선생님."

이제 뜬금없이 우는 일은 없어졌다.
절망을 걷어냈으니, 의욕도 다시 찾고 싶었다.
선생님이 시키신 김에, 여행을 그 첫걸음으로 삼기로 했다.

삶을 꽤 즐기던 시기에, 나는 혼자 여행 다니는 걸 꽤 즐겼다.
낯선 곳에서 아무런 계획 없이 흘러가는 대로 돌아다니면, 다른 세상을
온 것 같은 게 퍽 재미있었다.
처음으로 혼자 여행을 떠났던 때는 21살의 9월이었다.

반수를 하던 때에, 공부는 잡히지 않고 혼란스러운 마음이 가득했었다.
하루는 복잡한 마음에 뜬눈으로 밤을 새웠고, 새벽 4시쯤에 문득 바다를
보러 가야겠다는 생각이 들었다.
마침 SNS에서 에메랄드빛 바다색이 이쁘다는 해수욕장을 봐뒀었다.

동틀 무렵, 그대로 일어나서 크로스백 하나 메고 버스 터미널로 향했다.
그 긴 밤 동안 잠에 들지 못했는데, 버스에 오르자 이내 곯아떨어졌다.
3시간여를 버스에서 편안히 자고, 속초에 도착했다.

'봉포해수욕장'

해수욕장은 속초 밖에 위치해서, 또 버스를 타고 한 시간쯤 달렸다.
그렇게 도착한 해수욕장은 꽤 외진 곳이었다.
모래사장의 폭도 넓지 않았고, 휴가철이 지나서 사람도 별로 없었다.

어느새 해는 중천에서 따스하게 내리쬐었다.
해수욕장의 얕은 바닷물은 정말 에메랄드빛을 띠었다.
바위 위에 올라앉아 파도치는 바다를 바라보다가, 모래사장을 따라 쭉 걸었다.
바다에 발도 담가보고, 그렇게 한두 시간을 보내고 그냥 돌아왔었다.

여행지를 고민하다가, 처음 여행을 떠났던 그곳이나 가보고 싶었다.
일단은 바다가 보고 싶었고, 덜 우울했던 옛날이라도 회상하고 싶었다.

마침 티비를 보는데, '알쓸신잡'이라는 프로그램에서 속초를 소개하고 있었다.
프로그램에서, 김영하 작가가 속초의 여러 서점을 찾아갔다.
그리고 기성 출판사의 힘을 빌리지 않고 출판되는 '독립출판물'에 대해 소개했다.

여태껏, 대단하거나 유명한 사람들이 자본을 껴야만 책을 낼 수 있다고 생각했었다.
그래서 평범한 사람들이 자신의 이야기를 담아냈다는 '독립출판물'이 너무 궁금했다.

그렇게 서점과 바다를 목표로 다시 속초를 찾아갔다.
바다도 보고, 서점들을 구경했다.
그 중 '문우당서림'이란 곳에 매력을 느꼈다.

직원들이 책을 읽고, 남겨놓은 리뷰를 읽는 게 재밌었다.
2박 3일 동안 매일 서점을 찾아갔고, 모든 독립출판물을 살펴봤다.
머리말과 리뷰를 읽어보니, 모두 평범하게 사는 사람들이었다.

자신을 유명하거나 엄청난 부자라고 소개하는 사람은 없었다.
그저 자기 이야기를 쓰고 싶어 책을 낸 사람들이었다.
그리고 책을 내는 걸, 그렇게 대단하거나 어렵게 이야기하지 않았다.

게다가, 학교에서 책을 만드는 프로그램을 다뤄봤었다.
학교 봉사 단체에서, 1년간의 활동을 정리하는 백서를 만들었었다.
프로그램을 다루는 것에는 큰 애로사항을 느끼지 않았다.

프로그램도 다룰 줄 아니, 책을 써보고 싶다는 마음이 피어났다.
어렸을 때부터, 막연히 내 이야기를 세상에 내놓고 싶은 마음이 있었다.
원래는 아픈 과거를 딛고 빛나는 사람이 되는 멋진 서사를 생각했지만,
그러지 않고도 책을 쓴 사람들을 알게 되었다.

속초를 떠나며 수첩을 하나 샀다.
그리고 이것저것 끄적여보기 시작했다.
처음엔 한 줄 적어내는 것도 참 어려웠다.

그렇게 적은 글을 읽어보면, 참 오글거리고 못 쓴다는 생각이 들었다.

내 생각을 정제해서 글로 표현하는 작업은 생각보다 쉽지 않았다.
초보 작가들은 일단 많이 써보는 게 좋다기에, 잘 쓸 생각은 하지 않고
무작정 써보곤 했다.

그러면서 시간이 꽤 지났고, 다시 무기력증에 빠졌다.
이야기는커녕 생각 하나 표현하기도 어려웠다.
내가 무슨 책을 쓰냐는 생각도 들어, 한동안 수첩을 건들지 않았다.

또 무기력한 나날을 보내던 중, 봉사를 같이 갔었던 좋아하는 교수님을
찾아갔다.
함께 봉사하며 배울 점이 많은 어른이라 생각했고, 어떤 가치관을 갖고
살아가시는지 궁금했다.
그리고 교수님께 내 얘기를 하고 고민을 털어놨다.

아버지가 돌아가신지 20년이 넘었고,
재작년에 형이 자살했고,
지금 우울증 치료 중이고
글을 써보고 싶은데 잘 안된다는 내 얘기.
교수님께 꿈이 없어 삶에 의욕이 없다고 말씀드렸다.

"자네는, 생각이 너무 많은 거 같아."
"예?"
"생각이 너무 많으면, 안 좋은 생각이 들 수밖에 없어. 그냥 생각을 하지
마. 나는 그냥 생각 안 하고 살어. 매일 아침 5시에 일어나서 조깅하고 밥
먹고 사무실 가고... 생각 안 해, 그냥 사는 거야."
"아... 제가 생각을 엄청 많이 하긴 합니다."

"그래. 나는 목표가 없을 때는, 그냥 오늘 하루를 사는 걸 목표로 삼아.
오늘 밥을 먹고, 씻고, 오늘 수업을 하고, 오늘 할 일을 하는 거. 내일 생각
안 해. 그냥 오늘 하루만. 밥 먹고 씻는 거 얼마나 중요해? 안 그래? "
"중요하죠..."

교수님 말씀대로 그저 오늘, 하루하루를 사는 것을 목표로 삼기로 했다.
당장 내일도 생각하지 않기로 했다.
오늘 일어나, 씻고, 밥을 먹고, 카페에 나가, 수첩을 꺼내는 것까지만.
한 페이지를 쓰든, 날짜만 쓰든 상관 않기로 했다.

그렇게 매일 아침 일어나면 카페에 나갈 생각으로 하루를 시작했다.
카페에 가서 앉기만 하면, 어떻게든 수첩이 채워져 갔다.
그렇게 카페에 가는 것에 재미가 들렸고, 잉여 시간에 수첩에 쓸 내용을
생각하기도 했다.

윙윙 떠다니는 생각들을 수첩에 적어 모았다.
떠다니는 생각들이 걷히면서, 점차 내 이야기가 보이기 시작했다.
그것들을 쓰고 싶었다.

속초에 다녀온 지 6개월 정도 지나고, 내 이야기를 쓰기 시작했다.

3. 현재

3. 현재

"철영 씨는 행복해지려면 뭘 해야 될 거 같아요?"

"음... 사랑받고... 꿈이 생기면 될 거 같아요..."

"꿈은... 일단 생긴 것 같고... 사랑은... 어떡하죠...?"

"…. 그러게요..."

책 쓰는 공대생

막상 쓰기 시작하니, 내 기억을 꺼내 쓰는 것이라 그런지 너무 잘 써졌다.
가장 인상 깊게 본 영화를 내 맘대로 재구성하는 느낌이었다.

휴학이 끝난 3월이었지만, 수업엔 가지 않았다.
이제 강의실에 내가 얻고 싶은 게 없었다.
그래도 굳이 매일 학교 근처 카페로 갔다.
몇 년간 내 추억이 골목골목 깃든 곳이라 마음이 편했다.

같은 수업을 신청한 동기와 반대 방향으로 가다 마주치기도 했다.
갑자기 기계공학과 동기에게 책을 쓰고 있다고 말하기가 쑥스러워 대충
얼버무렸다.

"어, 형 수업 아니야? "
"어...? 응."
"근데 어디가? "
"어... 카페...? "
"어...? 아, 어, 그래."

내가 수업에 가지 않는 게 그리 놀랄 일은 아닌 사람이라 금방 수긍했다.

하루에 5시간 정도, 글을 쓰는 데 전념하면 집중력이 바닥났다.
해질녘에 노트북을 덮고 카페를 나서는 순간부터, 지하철을 타고 집으로
향하고, 잠이 드는 순간까지 내일 쓸 내용에 대해 고민했다.

아침에 일어나면, 빨리 글을 쓰고 싶어서 금방 나갈 채비를 했다.

종종 암흑에 들어가야 했지만, 여러 번 했던 것이라 버겁지 않았다.
그런데도 정리가 덜 된 이야기를 꺼낼 때는, 감정이 북받쳐 환한 한낮의
카페에서 엎드려 울기도 했다.
하지만 눈물을 흘려도, 작년처럼 아프진 않았다.

매일 아침에 설레는 마음으로 나설 채비를 하는 기분이 너무 좋았다.
내일을 맞이하고 싶어서 빨리 잠에 들려는 마음이 너무 좋았다.
그렇게 내 이야기가 글이 되고, 쪽수가 점점 쌓여가는 하루하루가 너무
재미있었다.

이런 감정들이 너무 오랜만이었다.
목표가 사라지고, 오랜 기간 쓰지 않아 닫혀 있던 감각이었다.
새로운 목표가 생겨 눈을 뜬 이 감각들이 짜릿했다.

생각해보면, 나는 욕심이 참 컸다.
가진 것에 만족할 줄도 몰랐다.

어쩔 땐, 꿈이 있다는 것만으로 감사한 일이라고 생각했다.
그 과정에서 즐거움을 느낄 수 있다는 것도 좋았다.
하지만 항상 더 특별해지길 원했다.

어느 순간부터는, 특별하지 않다는 것에 실망하기 바빴다.
내가 이뤄 온 것도 꽤 가치 있는 것이었지만, 그리 특별한 것도 아니라고
생각했다.

찬란하게 빛나는 걸 갖고 싶었다.

원하는 걸 쟁취하려면 경쟁은 불가피했다.
그리고 나는 그 경쟁에서 몇 번이나 도태되었다.

내가 좋아하는 것은 남들도 좋아하고,
내가 갖고 싶은 것은 남들도 갖고 싶어 하고,
내가 하고 싶은 것은 남들도 하고 싶어 했다.

특별하지 않다는 걸 받아들이기가 너무 힘들었다.
새로운 목표를 설정하기가 어려웠고, 머릿속이 너무 복잡했다.
그러다 극단적으로 꿈을 포기해버렸다.

꿈을 잃은 이후로, 나는 행복하지 않았다.
물론, 내가 겪은 일련의 사건 때문일 수도 있다.
어쨌든, 나는 계속 불행해져 가기만 했다.
항상 과거를 그리워하기만 했다.

나에게 유리하지 않았던 구조를 탓하기도 많이 했다.
과학고등학교 입학시험이 과목별로 뽑기라도 했다면,
대학 입시에서 수학과 과학 성적만 평가받을 수 있었다면,
내게 좀 더 유리한 구조였다면, 과학고등학교나 서울대학교에 입학할 수
있었을지도 모른다.

그리고 그곳에 가서도, 아마 꼴찌를 하진 않았을 것이다.
그러나 결코, 종국에 내가 원하는 것을 갖진 못했을 것이다.

나는 항상 가진 것보다 훨씬 빛나는 걸 원했다.

꿈을 포기할 게 아니라, 평범함을 건강하게 받아들였다면 어땠을까.
결과를 보고 달려갈 게 아니라, 과정에 좀 더 관심을 뒀다면 어땠을까.

방향을 잃지 않고 꿈을 향한 길을 계속 나아갈 수 있지 않았을까.
포기하더라도, 과정이 더 깔끔할 수 있지 않았을까.

하지만 나는 특별해지지 못하면 의미 없다고 생각했고, 생각해보지 않은
길을 걷기 시작했었다.
거기서 또 깨달은 건, 나는 좋아하지 않으면 열정이 극적으로 떨어지는
사람이었다.
외적으로 겪은 일들도 영향을 줬겠지만, 과거를 생각해봐도 그랬다.

어렸을 때부터 수학이나 과학에 유난히 관심이 많았다.
재수할 때도, 국어와 영어에 아주 소홀했다.
관련이 있는지 모르겠지만, 성격도 아주 고집스럽다.

그렇게 일련의 방황을 거치고, 운이 좋게도 다시 목표가 생겼다.
새로운 마음으로, 새로운 곳에서, 꽤 극적으로 생긴 목표였다.
하지만, 되돌아보면 나는 이런 쪽에도 관심과 재능이 어느 정도 있었다.

과학과 수학을 참 좋아했다지만, 이야기하는 것도 참 좋아했다.
초등학교 땐 시나 표어, 글짓기 등의 수상 경력 또 꽤 있었다.
영화나 만화를 보고 서사 구조를 뜯어보는 것도 아주 좋아한다.

막연했지만 내 이야기를 세상에 내놓고 싶은 마음도 정말 오래되었다.
원래는 아주 대단한 사람이 되면 그러고 싶었다.
진흙 속에 피어난 화려한 연꽃 같은 이야기를 살고, 그 이야기로 세상에
감동을 선사하고 싶은 마음이었다.

우여곡절 끝에 나의 이야기를 내놓게 되었지만, 내가 생각했던 화려한
꽃을 피운 건 아니다.
이전에 키워오던 꽃은 시들었지만, 진흙 속에 어떻게든 새로운 새싹을
틔운 것 같다.

중학교 1학년 겨울방학에 처음 물리를 접했을 때처럼, 그 새싹을 다시
순수하게 키워보고 싶다.
화려하지 않아도 그 꽃을 아껴주고 싶다.

새로운 여정의 최종 목적지는 깊이 생각하지 않으려 한다.
한 권으로 마무리될지, 열 권도 넘게 쓸지 깊이 생각하지 않을 것이다.
특별해지는 것에도 그리 집착하지 않을 것이다.

생계를 유지할 수단이 되는 건 중요하겠지만, 1등을 하겠다든지 위대한
작가가 되겠다는 꿈을 가지지 않을 것이다.
그냥 책을 쓰는 걸 즐기고 싶고, 즐길 수 없을 때가 되면 그만두고 싶다.

아무튼 일단, 지금 나는 책을 써 볼 생각이다.

사랑

나의 포기하지 않은 오랜 꿈 중 하나는 화목한 가정을 이루는 것이다.
그리고 오래 사는 것이다.

아이는 합의가 되면 딸 둘 아들 하나 정도 낳고,
생일 저녁마다 다 같이 앉아 따뜻한 밥을 먹고,
크리스마스 저녁에 케익에 불을 붙이고,
명절엔 양가 부모님을 모시고 여행을 가는.

화목하고 따뜻한 가정을 이루는 것이 꿈이다.

그리고 오~랫동안 그 사랑을 하고 싶다.
나의 자식들이 건강하게 자라는 것을 보고,
각자 가정을 이뤄 자식을 낳고 부모가 되는 것을 보고,
그 어린 아이들에게 할아버지의 사랑을 듬뿍 주고,
나를 사랑하는 사람들에게 나의 죽음을 준비할 시간을 주고,

그때가 되면 세상을 떠나는 사람이 되고 싶다.

나의 인생에서 가족은 큰 결핍이다.
미래에 나의 가족들에게 절대 그 결핍을 느끼게 해주고 싶지 않다.
가족을 위해 최선을 다해 오래 살 것이다.

사랑 또한 나에게 결핍이라고 생각한다.

엄마에게 많은 사랑을 받았지만
아빠에게, 형에게 사랑을 받지 못했다.

상담을 하면서도 느꼈었다.

"최근에는 운 적 없어요? "
"어... TV 보다가 울었어요..."
"무슨 장면 보고요? "
"축구 선수 박주호 딸 나은이 아세요? "

TV 프로그램 '슈퍼맨이 돌아왔다'에서 아이들이 차례로 박주호 선수의
머리에 공을 맞히는 놀이를 했다.
아이들이 공을 맞히며 즐거워하는 와중에, 나은이는 자기 차례가 되자
아빠에게 공을 던지지 않았다.
천천히 아빠에게 가더니 공을 살살 갖다 댔다.

"아빠, 안 아파? 찜질해줄까? 괜찮아? "

나은이는 아빠가 아플까 걱정하며 시키는 것을 하지 않았다.
그 장면을 보면서, 나은이가 아빠에게 주는 사랑이 너무 부러웠다.

"그게... 너무 애틋해 보여서 울었어요... 이상하죠? "
"아뇨~ 그건 하나도 안 이상한데요? "
"안 이상한가요? "
"저도 듣기만 해도 뭉클한데요? "
"그런가요...? "

"그런 사랑이 부러웠나요? "
"음... 네... 너무 부러웠어요..."
"그런 사람이 생겼으면 좋겠어요? "
"네... 엄마가 그렇긴 하지만... 애틋한 사람이 더 있었으면 좋겠어요..."
"음... 그건 혼자 할 수 있는 게 아니라 아쉽네요..."
"그렇죠..."

어렸을 때부터 애틋한 사랑은 엄마에게 밖에 받지 못한 것 같다.
그래서 과거에 좋아했던 여자애들에게도 짝사랑이 과했던 것일지도
모른다.
마음에 드는 사람에게 내가 주고 싶은 만큼 사랑을 주고, 돌아오는 사랑에
실망해 상처받았다.

글을 쓰는 것이 일회성 꿈으로 끝날지도 모르지만, 어찌 되었든 꿈은 하
나 찾게 되었다.
더 나아가 나는 애틋하게 사랑하는 사람을 만나고 싶다.

여행을 가서 멋진 풍경을 보거나,
특별하고 재미있는 상황에 처하거나,
책을 읽다 멋진 구절을 찾거나,
혼자만의 경험으로 놔두기 싫은 순간에
그 경험을 공유하고 싶은 사람.

뭘 먹었는지,
어디를 가는지,
잠은 몇 시에 잤는지,

일기를 쓰듯이 나와 모든 순간을 공유할 사람.

내 얘기라면 어떤 얘기든 공감해주고,
그 사람의 얘기라면 어떤 얘기든 공감이 되는 사람.
재미없는 시간도 함께한다면 행복하게 채워주는 사람.

나와 사랑을 비슷하게 정의하는 사람.
그런 사람을 만나고 싶다.
쉽진 않겠지만.

그리고 친구들과도 사랑...을 나누고 싶다.

처음에 이 책을 익명으로 쓰려고 했다.
엄마에게 보여주면 한참을 울 것 같아서,
친구들에게 개인적인 경험을 밝히기 조심스러워서.

하지만 쓰면서 점점 마음이 바뀌었다.
내가 나쁜 짓을 했던 경험을 쓴 것도 아니고,
엄마에게, 친구들에게 솔직하게 고백하고 싶었다.

내가 먼저 마음을 열고 싶었다.

그리고 인류애도 실천하고 싶다...

어렸을 때 꿈처럼, 역사에 남을 대단한 사람이 되기는 글렀다고 생각한다.
하지만 여전히, 사람들에게 긍정적인 영향을 끼치는 사람이 되고 싶다.

나로 인해 사람들에게 긍정적인 움직임이 일어나도록 하고 싶다.

처음엔 이 책을 나를 위해서 썼다.
내 인생과 감정을 돌아보고, 나를 잘 알기 위해서.

하지만 쓰다보니 우울증을 앓고 있거나, 우울에 잠식되고 있는 사람들에게
용기와 메세지를 전하고 싶어졌다.
혼자서 이겨내지 말라고.

그런 메세지를 익명으로 전하고 싶지 않았다.
내가 먼저 당당해지고 싶었다.

엄마는, 친구들은, 내 주변 사람들은 나에게

"말을 해야 알지~"

라는 말을 많이 했다.

나는 내 고통은 나 밖에 모른다고 생각했다.
모를 수밖에 없었다.
말을 안 했으니.

나는 이번에 엄마도, 친구들도 아닌 상담 선생님의 도움을 받아 절망
속에서 벗어나게 되었다.
이번에는, 상담 선생님에게는, 내 마음을 열었다.
물론, 상담 선생님이 나에게 너무 잘해주신 것도 크게 작용했다.

나는 항상 나의 불행을 나누는 것이 민폐라고 생각하여 나 혼자서만
이겨내왔다.

혼자 이겨낼 수 없는 것도 있는 걸 알게 되었다.
주위에서 그런 모습을 지켜보는 것을 힘들어하는 것도 알았다.

나의 고통은 나의 것이 맞는 것 같다.
하지만 그 고통을 이겨내는 데에는 혼자 할 필요가 전혀 없는 것 같다.

사랑하는 사람의 손을 잡고 일어난다면,
그 사람이 나로 인해 아파하는 것을 본다면,
혼자서 이겨내는 것보다 쉬웠다.

나는 그랬다.

이제 나는 더 큰 민폐를 끼치지 않기 위해 작은 민폐를 끼칠 것이다.

사랑하는 사람들에게 솔직해질 것이다.
처음부터 쉽진 않겠지만.

우선, 이 책을 통해 나는 솔직해질 것이다.
모든 사람들에게.

마지막 상담

"마지막 상담이에요."

"네... 그러네요..."

"어땠어요? "

"너무 많이 좋아졌어요. 완전히 치료됐다고는 생각 안 하지만."

"그런 거 같아요."

"네? "

"철영 씨 처음 왔을 때랑 지금이랑 너무 달라 보여요."

"제 생각에도 그런 것 같아요... 처음 왔을 때는 어땠나요? "

"아무 의욕도 없고... 딱 봐도 세상 살기 싫은 사람 같았죠~"

정말 많이 나아졌다.

이번엔 누군가의 도움을 받아서.

"학교에서 지나가다가 보면 인사해도 돼요? "

"네? "

"저는 상담 마무리할 때 내담자한테 꼭 물어보거든요. 상담한 걸 숨기고
싶어서 인사하기를 꺼려하는 경우도 있거든요."

"아, 해도 좋아요!"

"네, 철영 씨 같은 사람이랑 상담할 수 있어서 너무 좋은 경험이었어요."

"네, 저도 선생님을 만나게 되어서 너무 좋았어요. 정말 감사해요."

"다 철영 씨가 한거예요."

나는 이 말이 너무 위로가 되었다.

"글은 쓰고 있어요? "
"아 그냥 끄적이고는 있는데, 아직 책은 안 쓰고 있어요."
"나중에 책 쓰면 꼭 보여주세요!"
"네. 꼭 보여드릴게요."
"잘 지내요. 다시 여기 찾아오지 말고."
"네! 그동안 정말 감사했습니다."

12번의 상담은 끝이 났다.

병원은 아직도 다니고 있다.
나는 아직 우울증 치료 중이다.

상담의 도움을 너무 많이 받았기 때문에 상담을 더 하고 싶었지만, 이미 너무나도 큰 도움을 받았다.
그리고 학교 상담 센터인지라 돈을 내고하는 것도 아니고 마음대로 받을 수 있는 것이 아니었다.

이제 다시 혼자 일어나야 했다.
이번엔 목표가 생겼고, 희망이 생겼다.
긍정적인 회로도 다시 작동하기 시작했다.

작년에 그 절망마저 조금은 긍정적으로 생각할 수 있게 되었다.
물론, 다시 그 우울의 심연으로 돌아가고 싶냐 묻는다면 절대 아니라고 대답할 것이다.

깨달은 것도 크지만, 겪지 않을 수 있다면 무조건 겪지 않을 것이다.

작년에 그 아픔은 정말이지, 끔찍했다.

뭐, 그래도 작년에 그렇게 아파하지 않았다면 아마 책을 쓰게 되지 않았을 것이다.
덕분에 새로운 목표가 생기고 책을 쓸 수 있게 되긴 되었다.
이제는 나머지 우울을 떨쳐낼 방법을 알 것도 같다.

얼마 전, 'JACKIE'라는 영화에서 남편을 잃은 주인공이 신부를 찾아가 나누는 대화가 내 마음에 참 와닿았다.
주인공도 나처럼, 심연에서 헤맨 사람이다.

"왜 저를 찾아오셨나요?"
"대화할 사람이 필요해서요."
"아이들은 생각도 않고 매일 밤 죽기를 기도하신다고 했죠. 그저 남편 곁으로 가게 해달라고. 근데 말이에요, 오늘 당장 죽을 필요는 없어요."
"…."
"살아가면서 삶의 의미를 찾다 보면 언젠가, 답은 없다는 걸 깨닫게 될 겁니다. 그 끔찍하고 불가피한 깨달음을 얻으면, 받아들이던가 삶을 끝내는 겁니다. 혹은 단지, 의미 찾기를 그만두거나요. 저는 복받은 삶을 살았습니다. 그런데 매일 밤 침대에 누워 암흑을 바라보다 보면 의구심이 생겨요. '인생이란 고작 이게 전부인가?'"
"의구심이 든다고요?"
"세상 모든 생명이 그렇겠죠. 하지만 다시 아침이 되면 일어나 커피를 내려요."
"왜 우리는 괴로울까요?"
"그게 사람이니깐요. 오늘 아침에도 그랬고, 내일이 오면 또 그럴 거예

요. 하지만, 한없이 지혜로우신 주님께선 차고 넘침 없이 우리가 감당할
만큼의 고난만 주신답니다.”

종교를 믿지 않는 나는 마지막 말엔 동의하고 싶지 않다.
나의 고난이 누군가의 손을 거친 것이라는 그런 말은 별로 믿고 싶지 않다.
하지만 앞에 이야기는 전적으로 공감한다.

삶에 정답이라곤 존재하지 않는 것 같다.
그 어떤 훌륭한 이의 삶이라도 정답이라고 얘기하긴 힘들 것이다.
시간이 흐르면서 수많은 선택을 하며 살아갈 뿐이다.

그리고 선택의 결과는 시간이 지나야 알 수 있다.
그저 치열하게 고민하고, 신중하게 선택하는 게 최선일 것이다.
아무리 두려워도, 내가 믿는 방향으로 용기 있게 나아가는 수밖에.

그 결과를 어떻게 받아들일지도 결국 내 몫이다.
나는 기계공학부를 선택해 방황했지만, 덕분에 책을 썼는지도 모른다.
다른 선택의 결과가 어땠을지 알 수 없어도, 책을 쓰게 된 내 선택은 꽤
만족스럽다.

상담사 선생님께서 그러신 적이 있다.
인생에서 큰일을 겪은 사람들은 삶을 바라보는 조망이 달라진다고.
나는 형의 죽음 이후에, 깊은 심연에서 빠져나온 이후에, 삶을 바라보는
시선이 달라졌다.

인생을 뒤흔들만한 일이 아니라면 크게 연연하지 않게 되었다.

하루하루 그저 흘러가게 두며 사소한 것에 너무 마음 쓰지 않으려 한다.
종종 혼자만 작은 일이라 생각해 남들을 난처하게 하는 부작용도 있다.

막연한 미래에 기대지 않게 되었다.
불확실한 미래 때문에 지금을 참아내지 않기로 했다.
지금 하고 싶은 것에 집중하기로 했다.

여전히 나는 약을 먹지 않으면 불안하다.
이 불안감이 약을 먹으면 사라지는 것인지
약을 먹지 않는 행위가 불안하게 만드는 것인지 모른다.

그냥, 다시 나의 정신을 병들게 하지 않기 위해 약을 먹는다.
나는 치료 의지가 강해졌고 행복해지고 싶다.

그리고 사랑을 가장 중요하게 생각하게 되었다.
사랑을 다시 이해하게 되었다.

아플 땐 아파해야 하는 것도 깨달았다.
혼자서 말고.

4. 에필로그 (저자 TMI 대잔치)

4. 에필로그 (저자 TMI 대잔치)

이름 박철영.

26세, 남성.

서울 중랑구 거주 중.

일산 약 18년 거주, 대구 4년 거주, 수원 1년 거주.

신촌초등학교, 신일중학교, 일산대진고등학교 졸.

수능 3번 봄, 고려대학교 기계공학부 4학년 재학 중.

우울증 치료 중.

감정 기복이 크지 않음.

주관이 뚜렷함.

게으르고 거만함.

겸손하려고 노력함.

술, 담배 안 함.

엄마와 둘이서 살고 있음.

재작년에 사랑하지 않던 형이 자살함.

1998년에 경찰관 아버지 순직, 대전 현충원에 안장.

26살에 책 냄.

책이 잘되면 학교 휴학하고 또 쓰고 싶음.

사랑을 하고 싶음.

재수

재수를 하게 되면서, 나는 일산을 떠나 수원으로 이사를 가게 되었다.
일산에서 나는 20년 인생의 대부분을 보내며 초, 중, 고를 졸업했다.
그래서 내 10대 시절의 거의 모든 추억과 인맥이 있는 고향 같은 곳이다.

그에 반해 수원은 아무 연고도 없고, 아는 사람도 한 명도 없는 곳이었다.
사람 많은 무인도 같은 곳에서 나는 수능만을 목표로 미래를 꿈꾸고,
과거를 그리워하며, 지금을 살지 못했다.

원래도 혼자만의 시간을 꽤 즐기는 편이라, 고독한 시간을 잘 버틸 거라
생각했다.
하지만 혼자 있고 싶어서 혼자 있는 것과, 혼자 있을 수밖에 없는 것은
너무나도 달랐다.
그때 느꼈던 고독은 다시 겪지 못할 것 같다.

본격적으로 재수를 시작한지 한두 달이 지나면서 하루의 루틴이 생겼다.
한동안 맥도날드를 자주 갔었는데, 어느날 직원이 나를 보고 인사했다.

"오늘도 오셨네요~"

그냥 문이 열리는 방울 소리를 듣고 하는 인사가 아니라, 나를 알아보고
나에게 건네는 인사였다.
한동안 엄마 이외에 사람과 말을 한 적이 없어서 적잖이 당황했다.

수원에 와서, 이곳이 내게 무인도와 같다는 생각을 했었다.
나무, 물소, 원숭이가 있는 무인도나 건물, 자동차, 나를 모르는 사람만
있는 수원이나 내게 다를 게 없었다.
전 수원을 다 뒤져도, 나를 아는 사람은 엄마 밖에 없었다.

대답을 제대로 못할만큼 당황했지만, 그 짧은 인사가 너무 따뜻했다.
무인도를 걷는데, 갑자기 사람이 나타나서 인사를 건넨 기분이랄까.
오랜만에 나의 존재를 느끼게 해준 그 인사 덕에 몽글몽글한 기분으로
하루를 보냈다.

3월이 되고는, 잠깐 다녔던 학원의 입학시험을 보러 교대역에 갔었다.
시험을 마치고, 그냥 집에 가기가 아쉬워서 강남역 교보문고로 향했다.
이어폰을 낀 채로 가방을 메고, 인파 속을 걷는데 누군가 말을 걸었다.

"저기요, 혹시 교보문고가 어디있는지 아세요? "

한 손으로 이어폰을 빼고 듣는데, 강남역에서 가장 유명한 교보문고로
가는 길을 물어왔다.
모를 수가 있나 싶으면서도 물어봤으니, 손가락으로 가리켜 알려주었다.
뒤돌아 가던 길을 가려는데, 또 말을 걸어왔다.

"저기... 혹시 체대생이세요? "
"네? 아니요."

당시에 재수의 충격으로 샛노랗게 탈색을 했었는데, 위아래로 츄리닝을
입고 가방을 메고 있으니 그렇게 보였던 것 같다.

날 위아래로 다시 살펴보더니 또 물어왔다.

"아, 그럼 미대생이신가요? "
"아닌데요."

연속으로 예측이 빗나가자 살짝 당황한 티가 났다.

"아... 학생은 맞으시죠? "
"재수생인데요."
"아... 어느 과 준비하세요...? "
"물리학과요."
"…. 아...? "

겉모습에서 물리는 전혀 연상되지 않았는지, 대답을 듣고 잠시 멈췄다.
몇 마디를 더 하고, 그냥 무시하고 가던 길을 갔다.
친구들에게 이야기했더니, 사이비 종교인 같다고 얘기했다.

이후에도 강남역 같이 사람이 많은 곳에서 자주 겪었다.
재수할 때만 자주 겪었는데, 외로워 보이는 사람에게 접근하는 것 같다.
그리고 내가 아주 외로워 보였던 것 같다.

여러 번 겪으면서 눈만 마주쳐도 알아봤는데, 비슷한 특징이 있었다.
일단 꽤 젊은 나이에 두 명에서 다니고, 길을 물어보면 거의 확실하다.
말은 거의 한 사람만 하고 주변에서 가장 유명한 곳까지의 길을 묻는다.

당연히 대답에는 전혀 관심이 없고, 인상이 좋다는 말과 함께 나에 대한 추리를 시작한다.

나 같은 경우엔, "혹시, 학생이세요? "로 시작했다.

이어서 건강이나 가족 관계에 대해 이것저것 묻기 시작한다.

혹시 소화가 잘 안되진 않느냐, 집안 친척 중에 누군가 아프진 않으냐며.

누구나 하나쯤은 겪을만한 일을 몇 가지 묻는다.

그중에 하나 긍정적인 대답이 나오면, 물고 늘어진다.

어떻게 아는가 하면, 한 시간 넘게 대화한 적이 있다.

조금 더웠던 그날은 평소보다 더 외로웠다.

여름부터 월요일마다, 강남 한티역 부근에 수학 학원 하나를 다녔었다.

집 앞에서 강남역까지 가는 버스를 탔고, 지하철로 환승해서 한티역에 내렸다.

학원이 끝나고 답답한 날엔, 강남역까지 한 시간 거리를 걸었다.

지금처럼 미세먼지가 심하지 않았고, 사람 많은 빌딩 숲 사이를 걷는 게 조금은 기분 전환이 됐다.

그날은 학원이 일찍 끝났고, 해질녘에 날씨도 선선해서 지하철을 타지 않고 강남역까지 걸어가는데 말을 걸었다.

"저기요, 교보문고로 가려면 어디로 가야 하나요? "

두 사람에 교보문고, 단번에 사이비 종교인인 것을 눈치챘다.

건성으로 교보문고의 위치를 알려주니, 역시 예상 질문이 들어왔다.

"인상이 참 좋으세요~ 혹시, 학생이세요? "

평소 같았으면 '아, 예~ 예~' 하며 자리를 피했지만, 그날따라 대화가
너무 하고 싶었다.
이어서 예상 질문이 들어오는 동안, 대화를 이어갈지 고민했다.

아무 대화나 하고 싶은 날이었고, 이 사람들 시간이나 뺏고 무슨 얘기를
하나 들어보자는 생각으로 이어폰을 한쪽만 뺐다.
몸은 언제든지 걸음을 뗄 것처럼 절반 정도 돌리고, 들어오는 대답에 툭
툭 건성으로 대답했다.

"예체능 쪽 공부하시나요? "
"아니요."
"아... 어떤 공부하세요? "
"물리요."
"아..."

이때도 머리가 샛노랗고, 이 날도 위아래로 츄리닝을 입고 있었다.
아무리 포교 활동 중이라도, 물리 얘기가 나오면 말을 돌린다.
물리에 대해서라면 나눌 이야기가 참 많은데.

"혹시 소화가 잘 안되진 않으세요? "
"잘 돼요."
"전에 크게 다치신 적은 없으시고요? "
"네."

사실 소화가 잘 되는 편은 아니지만, 전에도 받아본 질문이라 거짓으로 대답했다.

크게 다쳐본 건 골절상 한 번인데, 그냥 없는 셈쳤다.

"그럼, 주위에 지병이 있는 분 없으세요? 가족이나 친척이나..."
"없는데요."

나에 대한 질문이 바닥났는지, 주위 사람에 대한 질문으로 확장되었다.

"돌아가신 분도 없으신가요? "

예상을 벗어난 질문이 나왔다.
불편한 질문이었지만, 무슨 말을 할지 궁금해서 사실대로 말했다.

"아버지가 안 계세요."
"아... 그러셨군요... 언제 쯤에 돌아가셨나요? "
"5살인가... 어렸을 때요."
"아... 그렇군요... 그게 귀신이 씌여서 그런 거에요."

이때까지만 해도, 아버지가 돌아가셨다는 말을 쉽게 꺼내지 못했다.
그랬던 나에게 귀신이 씌여서 아버지가 돌아가셨다는 말은 기분이 몹시 나빴다.
나도 모르게 얼굴 표정이 일그러졌고, 아무 말도 하지 않았다.

"어... 그게 집안에 나쁜 귀신이 들어서 안좋은 일을 가져와요."
"..."

"조상신께 기도를 올려서 나쁜 기운을 쫓아야 해요."
"저 신 안 믿는데요."
"이게 신한테 하는건 아니고요..."
"종교 같은 거에요? "
"아니요. 종교는 아니고요. 종교를 공부하는 사람들이에요."

종교는 아닌데, 종교를 공부하는 사람들은 뭘까.
스무고개 하듯 안 좋은 일 하나 찾아내더니, 그제서야 본론을 꺼냈다.
나도 여기까지 온 적은 없어서 물어보기도 하면서 대화를 계속 이어갔다.

의식을 올릴 때 손에 종이를 올리고 태운다든지, 기도를 하는 곳이 신천역
근방이라는 이야기까지 들었다.
중간에 그럼 종교가 아니냐고 몇 번을 물어도, 끝까지 종교는 아니라고
말했다.

한참을 얘기하니, 같은 얘기를 반복하고 흥미도 떨어졌다.
계속 기도하러 가야한다고 얘기하는 두 사람에게 가야겠다고 말했다.

"아... 기도하러 가셔야 앞으로 좋은 일이 있으실건데..."
"아, 네. 근데 집에 가야돼서요."
"연락처라도 주실 수 있을까요? 나쁜 기운을 꼭 없애셔야 돼요."
"아, 그건 좀... 가보겠습니다."

시간은 한 시간이 훌쩍 지나있었고, 시간을 낭비한 것 같아서 불쾌했다.
아무리 외로워도 이상한 사람이랑 대화할 바에, 서점가서 책이나 구경할
걸 후회하며 버스에 올랐다.

그날따라, 버스에 앉아 있는 사람들이 외로워 보였다.
일 년 내내 혼자 다녔던 나에게 이후에도 여러 번 다가왔으나, 또 시간을 낭비하긴 싫어서 빠르게 무시했다.

그렇게 외로웠던 재수 생활에, 숨구멍이란 명목으로 월요일 하루를 자유 시간으로 정했다.
어차피 학원에 가는 날이라 공부를 아예 안하는 것도 아니었고, 학원 가는 길이 강남역이라 놀거리도 많았다.

하루는 강남역 메가박스에 '위대한 개츠비'를 보러 갔는데, 학생 할인이 진행 중이었다.
늘 사람과의 대화가 고팠어서, 그날도 키오스크 대신 직원을 찾아갔다.
안타깝게도, 그날 찾아간 직원은 매우 친절했다.

"안녕하세요, 고객님! 혹시, 대학생이신가요? "
"…. 네…? 아… 아니요…"

영혼 없는 통상적인 대화가 익숙한 내게, 밝은 톤으로 질문 하는 직원이 적잖이 당황스러웠다.
평일 낮에 영화를 보러온 노란 머리 청년이라 대학생으로 확신했는지,
내 대답에 직원도 잠깐 당황한 기색이었다.

"어, 아… 그럼 고등학생이신가요? "
"어… 아니요…"
"…? (잠시 정적) 아… 그럼 일반으로 발권 도와드리겠습니다…!"

나는 학생이 아니었다.
재수생은 대학생도 고등학생도 아니었다.
인터넷에서 회원가입을 할 때도 직업란에 '무직'으로 체크해야 되는
입장이었다.

무소속의 느낌은 더욱더 혼자라는 기분이 들게 해 서러웠다.
인간이 왜 사회적 관계를 맺고 살아야 하는지, 왜 일을 하고 살아야 하는지
그때 조금 깨달았다.

생일날에는 공부만 하기에 자신에게 미안해 동수원 CGV에 영화를 보러
갔다.
그날도 키오스크 말고 직원에게 발권을 하는데, 갑자기 밝은 목소리로 내
생일을 축하해주었다.

"생일 축하드립니다. 고객님~!"
"네...? 아... 감사합니다..."

생일인 건 어떻게 안 건지 의아해서, 대놓고 당황해버렸다.
(어떻게 알긴, 포인트 적립하니까 알지.)
밝게 축하해준 직원이 무안할 정도로 어눌하게 대답했다.
축하해준 직원은 팝콘 1개와 콜라 2개를 받을 수 있는 쿠폰을 주었다.

누군가에게 축하받을 줄 몰랐던 생일이라, 내심 기분이 좋았다.
조금 들뜬 마음으로, 공짜로 팝콘과 콜라를 먹기 위해 매점으로 갔다.
쿠폰을 내밀었더니 매점 직원이 다시 내 생일을 축하해주었다.

"생일 축하드립니다. 고객님."
"아, 네."

매표소 직원처럼 밝게 축하해주지도 않았고, 약간은 예상했기에 이번엔
당황하지 않았다.
하지만 다음 질문은 예상하지 못했다.

"콜라가 두 개 나오는 데, 괜찮으세요? "
"어... 네."

꽤 찌질한 나는, 괜찮으냐 물으면 일단 괜찮다고 대답하는 경향이 있다.
돌아서면서 왜 물어본건지 생각했고, 잠시 후에 콜라와 팝콘을 받았다.
받고 나서야 왜 알바생이 물어봤는지 깨달았다.

콜라 두 개와 팝콘 한 개는 혼자 들고 가기에도 조금 버거웠다.
게다가 생일 날, 혼자 콜라 두 개와 팝콘 한 개를 들고 영화를 본다는 게
좀 부끄러웠다.
검표 직원에게 콜라가 두 개인 것을 보이지 않으려고 살짝 감췄다.

영화를 보는 동안 콜라 2개를 다 마시는 게 보통 일이 아니었다.
중간에 화장실이 너무 가고 싶었는데, 영화가 재밌어서 타이밍 잡기가
쉽지 않았다.
이날 본 영화는 '월드워Z' 인데, 좀비물을 좋아한다면 추천한다.

학원은 월요일 하루만 가고, 나머지 6일엔 독서실을 다녔다.
그리고 내가 다니던 독서실과 집 사이에는 한 대학교가 있었다.

집 앞애 대학교 후문이 있었고, 학교 정문으로 나와 독서실을 갔다.

지나는 길에 학생들이 무리 지어 다니는 것을 보면 그저 부러웠다.
가끔 버스를 타고 갈 때, 창밖으로 과잠을 입고 무리 지어 다니는 학생들은
나에게 동경 그 자체였다.

나는 그들과 철저하게 분리되어 있다는 소외감을 느꼈다.
모두 즐거워 보였고 혼자인 게 창피했다.
창피한 마음에 괜히 더 당당하게 걸었다.

많은 날을 걸었지만 건물 안은 한 번도 들어가 보지 못했다.
고등학교 시절에서 멈춰버린 나는 대학 문화에 대해 무지했다.
건물 안은 외부인에게 허락되어 있는지 알 수 없었다.

그들의 세상에서 외부인임을 들키고 싶지 않았다.
괜히 재수생이라고 생각하진 않을까, 이곳에 익숙한 학생인 척 길을
몰라도 표지판은 쳐다도 안봤다.
대학을 몇 년 다니고 돌아보니, 아무도 신경 쓰지 않는 혼자만의
연극이었다.

4월 초에는 캠퍼스 안에 벚꽃이 예쁘게 피었다.
밤에는 벚꽃 사이로 가로등이 환하게 켜져 산책하기 매우 좋았다.
공부를 하고 집에 가는 길에 벚꽃들을 보고 걸으며 안정을 취했다.

그리고 1년 뒤의 로망 가득한 대학 생활을 상상했다.
그때 나의 대학 생활 로망은 벚꽃 관련해서 두 개가 생겼다.

하나는 봄에 과잠을 입고 캠퍼스 잔디에 앉아 '벚꽃 엔딩' 듣기.
하나는 여자친구와 손잡고 벚꽃 구경하기.
첫 번째 로망을 실현하는 것은 어렵지 않았으나, 아직까지도 여자친구와
벚꽃을 본 경험은 없다.

대학에 가기만 하면 다 연애한다는 건 허황된 거짓이었다.
어른들이 공부밖에 모르는 바보로 만들기 위해 사용하는 당근이었다.
세상은 역시 '될놈될, 안될안' 이었다.

그해 여름은, 유난히 더웠다.
요즘 여름은 항상 유난히 덥지만, 그해 여름은 작년에 비해 몹시 더웠다.
하루는 독서실에 가면서, 그냥 처음가는 옆 골목길로 갔다.

처음 가보는 골목이라, 처음보는 빙수집이 있었다.
빙수집은 문이 열려있었고, 대학생들이 삼삼오오 앉아 있었다.
한 손에 숟가락을 쥐고 한 손으로 입을 가리며 웃고 떠들며 빙수를 먹고
있었다.

그때 처음 알았다.
빙수는 웬만해서 혼자 먹는 음식이 아니다.
나는 빙수를 별로 좋아하지 않는데, 빙수가 참 먹고 싶어졌다.

무더운 여름날 시원한 가게에서 웃고 떠들며 먹는 음식이라는 게, 너무
먹고 싶었다.
이후에 빙수를 보면, 빙수 가게 앞을 지나던 그날이 떠올랐다.

가을엔 공황이 온 적도 있다.
여느 날처럼 외로웠던 날, 좁은 열람실이 답답해서 산책하러 나왔다.
적당히 주위를 돌다가 독서실 건물 입구로 들어섰다.

갑자기 어두컴컴한 건물 내부가 확 좁아지는 느낌이 들었다.
그리고 숨이 쉬어지지 않았다.
놀란 마음에 건물을 뛰쳐나왔더니 숨이 다시 쉬어졌다.

그날은 더 이상 공부를 하지 않고 초콜렛 아이스크림을 먹고 집에 갔다.
그때까지만 해도, 난 매우 낙천적인 사람이었어서 긍정적으로 생각할 수
있었다.

'이게 공황인가... 느낌 신기하네...'

가까운 다른 날, 자려고 누웠을 때도 특이한 경험을 했다.
벽 시계에서 작게 들리던 시계 침 소리가 점점 크게 들리기 시작했다.
소리가 점점 커지더니 벽에 있는 시계가 바로 옆에 있는 것처럼 크게
들렸다.

귀를 막았다가 떼도 소리는 작아지지 않았다.
잠에 들기는커녕, 크게 들리는 소리가 무서워서 잠이 다 깨버렸다.
시계 건전지를 빼서 소리를 없애고 나서야, 잠에 들 수 있었다.

재수 생활 동안 나는 고독으로 인해 많은 것을 생각하게 되었다.
혼자이고 싶어서 혼자 있는 것과, 혼자일 수밖에 없는 것은 너무 달랐다.
대화가 그립고, 같이 먹는 밥이 그립고, 같이 마시는 커피가 그립고,

그냥 사람이 그리웠다.

가장 중요한 공부는 열심히 하지 못했다.
원래 좋아하던 수학 과학 공부는 꽤나 열심히 했지만, 다른 과목에는
소홀했다.
우울하고 외로운 와중에 하기 싫은 공부가 잘될 리가 없었다.

다시 돌아간다면 종합 학원을 다닐 것이지만, 혼자 공부 하면서 얻은 게
없다고 생각하진 않는다.
다시없을 고독한 시간을 버텨낸 것은 나름의 자부심과 특별한 경험을
남겨주었다.

하지만 누군가 독학 재수를 고민한다면 바짓가랑이를 잡고 말리고 싶다.
공부 자체가 너무 즐거워 항상 공부 생각만 하는 사람이 아니라면, 독학
재수를 하지 않는 걸 강력 추천한다.

사람들은 나에게 독학 재수를 해서 고려대학교에 갔다고 하면 성공했다
고 얘기한다.
하지만 성공했다고 할 만큼의 괄목한 성적 상승이 있었던 것도 아니었고,
공부를 그리 열심히 하지도 못했다.
나처럼 외딴곳에 가서 혼자 공부하면 성공 대신 정신병이나 하나 얻을
지도 모른다.

새내기

재수생 시절, 매일 과거를 그리워하던 나는 보고 싶었던 친구들이 너무 소중해졌다.

나는 매년 생활기록부에 인간관계가 원만하다고 적힐 만큼 친구들과 어울리기를 좋아했다.

그런 내가 1년을 혼자 보냈더니, 행복을 위해서 인연을 소중히 해야 한다는 것을 사무치게 깨달았다.

하지만 과했던 그리움은 옛 인연만을 소중히 하게 하고, 새로운 인연에 대한 기대감을 없애버렸다.

믿고 싶은 대로 믿는다고, 대학에 가서 사귄 친구는 오래가지 않는다는 항간의 소문도 믿었다.

나는 심지어 입학 전부터 다른 학교로 떠날 계획을 세웠었다.

그렇게 1학년 땐 마음이 텅 빈 껍데기에 학교를 다녔다.

친구를 새로 사귀고 싶은 마음도, 학교생활을 즐기고 싶은 마음도 없었다.

새로운 경험에 대한 마음의 문이 굳게 닫혀있었다.

오로지 과거에 사로잡혀 놓지 못하는 꿈을 다시 붙잡고 싶은 마음이었다.

입학 전부터 학교생활은 최소한으로 하려고 마음먹었다.

마음은 닫혀있었지만 돌아올지도 모르기에 최소한의 동기와 최소한의 친분만 유지하고, 최소한의 행사만 참여하고, 그냥 수업만 듣고...

새내기 배움터도, 오리엔테이션도, 개강 파티도 전부 참여하지 않았다.

고려대학교 신입생들은 같은 반[1] 동기들끼리 수업을 듣도록 시간표가 짜인다.

지금 생각해보면 천만다행인 게, 그렇지 않았으면 아는 동기가 한 명도 없었을 것이다...

그렇게 100% 타의로 동기들과 같은 수업을 들을 수 있었다.

그리고 처음 동기와 대화했던 순간은 아직도 기억한다.

영어 수업이었고 작은 강의실에 거의 인원에 맞는 의자가 있었다.

이미 몇 번의 행사로 안면을 튼 동기들 사이, 어색하게 빈자리를 찾아 앉았다.

외국인 교수님은 같이 앉은 사람들끼리 영어로 대화를 하게 시켰다.

어색하게 서로 이름을 물었고, 한 명이 먼저 나이를 물었다.

나는 21살, 한 명은 22살, 물어본 녀석은 20살이었다.

둘 중에 친구가 한 명도 없다며 투덜거렸다.

영어 이름을 정하라는데 외국에 잠깐 살다 와서 이름이 있다며 'Sam'이라고 했었나...

이어진 다음 수업은 비교적 넓은 강의실에서 진행하는 논술 수업이었다.

역시 삼삼오오 어색하게나마 떠드는 동기들 사이에 어울리지 못하고 이번엔 맨 뒷줄에 앉았다.

맨 뒤에서 혼자 조용히 동기들의 얼굴을 살펴보고 분위기를 읽어내고 있었다.

강의실로 뒤늦게 두 녀석이 들어오더니 맨 뒷줄에 앉았다.

두 녀석도 새터를 안 갔는지 무리에 어울리지 못하고 멀뚱멀뚱 앉아있었다.

[1] 공식적인 분류는 아니지만, 기계공학부처럼(한 학년에 150명) 큰 학부/학과는 반을 어울리기 쉽게 반을 나눈다.

그러다 한 녀석은 무리에 가서 말을 걸었다.
티 나지 않게 정면을 응시하면서 나누는 대화를 들었다.

"안녕. 너희는 다 새터 갔다 온 거야? "
"아, 응. 너는 새터 안 왔었지? 처음 보네."
"응. 새터 안 갔더니 아는 사람이 없네."

잠깐이나마 동질감을 느꼈는데 미세한 배신감이 들었다.

"아, 이제 친해지면 되지. 있다가 밥 같이 먹자."
"그래."

무리에 끼고 싶지 않으면서도 혼자이고 싶진 않았다.
그래서 내심, 남은 한 녀석은 나처럼 계속 겉돌기를 바랐다.

수업이 끝나고, 점심시간이 되었다.
나는 자취방에 가서 라면이나 끓여 먹을 생각을 했다.
그런데 남은 한 녀석마저 쭈뼛쭈뼛 무리 쪽으로 움직였다.

"점심 같이 먹을래? "
"아, 그래. 너도 새터 안 왔었지? "
"아, 응. 일정 있어서 못 갔었어."
"아~ 그래. 점심 같이 먹자."

강의실에서 나를 제외한 모든 인원이 점심 먹을 파트너를 찾았다.
동기들이 이야기를 나누는 동안, 눈에 띄지 않으려고 재빨리 강의실을 빠져나왔다.

혼자 이어폰을 꽂고 터벅터벅 걸어가는데, 누군가 말을 걸었다.

"어 형 어디 가? 점심 안 먹어? "

방금 영어 시간에 대화를 나눴던 20살 동생이었다.

짐을 챙기는 사이에 화장실에 다녀온 것 같았다.

부디, 대화가 최대한 짧게 끝나길 바라며 한쪽 이어폰을 뺐다.

"어... 먹어야지..."

"어, 그럼 애들이랑 같이 먹자!"

"아... 난 그냥 자취방에서 라면 끓여 먹으려고..."

"아...? 그래...? 그..래..."

고맙게도 그 녀석은 날 챙겨주려는 마음으로 동행을 제안했다.

하지만 난 합류할 생각이 없었고, 안타깝게도 솔직해 버렸다.

그렇게 내 계획을 실토했고, 잠시 어색한 공기가 흘렀다.

그 길로 강의동을 나와, 학교 후문으로 향했다.

사람들은 모두 같은 방향으로 향했고, 날도 참 화창했다.

3월의 첫 수업이 있는 대학가는 정말 생동감이 넘쳤다.

전화를 받으며 미어캣처럼 두리번두리번 일행을 찾는 사람,

오프라인으로는 처음 보는지 어색하게 인사를 주고받는 사람들,

방학이 끝나고 오랜만에 만나는지 반가워 보이는 사람들,

푸른 나무처럼, 제각각 화창한 새 학기 첫날에 어우러지는 모습이었다.

커다란
나무 그늘 밑에서, 삼삼오오 떠들며 일행을 기다리는 무리도 참 많았다.

나는 생동감 넘치는 거리를 지나 골목길의 자취방으로 들어갔다.
후문 가까이 위치한 자취방으로 계속해서 웅성거리는 소리가 들려왔다.
나는 라면 하나를 끓여 엄마가 싸준 김치와 함께 먹었다.
남은 시간은 침대에 누워 쉬다가 수업에 갔다.

요즘 '인싸[2]'라는 말이 많이 쓰이는 것과 반대로, 2014년에는 '아싸[1]'
라는 단어가 유행처럼 많이 쓰였다.
사회가 본격적으로 '혼자'인 시간을 보내는 것을 받아들이는 시기였다고
생각한다.
지금처럼 혼밥, 혼술 같은 문화가 자리 잡지 않아서 희화화 소재로 많이
쓰이기도 했다.

SNS에서 혼자 밥을 먹는다고 스스로 아싸라고 칭하는 가짜 아싸들의
게시물을 보면 코웃음을 쳤다.
'진짜' 아싸들은 혼자 밥 먹는 걸 SNS에 올리지 않는다.
혼밥이 특별하다면 그 사람은 '인싸'다.

나는 이 과도기에 혼밥 문화를 앞서간 사람 중 한 명이라고 생각한다.
동기들과 함께 먹을 때도 있었지만, 대부분은 혼밥을 했다.

혼자가 좋진 않았지만 익숙하기도 했고, 동기들과 깊게 친해지면 안 될
것 같았다.
동기들이 같이 먹자고 하면 거짓말을 하고 빠져나오기도 했다.

[1] 'Outsider', 아웃싸이더의 준말. 사전적 의미 그대로, 겉도는 사람이나 외부인을 의미한다.
[2] 'Insider', 인싸이더의 준말. 외향적인 사람을 지칭한다.

약속이 있는 척하기도 하고, 돈이 충분하게 있는데 돈을 아껴야 한다고
하기도 했다.
약속이 있다는 내 말에 동기들은 가끔,

"누구랑? 너 학교에 아는 사람 없지 않아? "

하고 묻곤 했는데, 대답은 항상 똑같았다.

"고등학교 친구랑 ㅎㅎ"

실제로 고3 때 반장이었던, 1년 먼저 입학한 친구가 '한 명' 있었다.
다행히 편하게 연락할 정도로 고등학교 때부터 친한 친구였고, 혼자 밥
먹기 싫은 날에 연락해 밥을 먹곤 했다.
이 친구는 나와 달리 인싸였어서, 약속이 있다고 거절당하기도 했다.

혼자 밥을 먹느라 애용하는 혼밥 식당 리스트도 있었다.
오뚜기 식당, 맥도날드, 알촌, 도스마스 등등...
동기들에게 약속이 있다고 거짓말을 한 날엔 식당에 가지 않았다.
혹시나 마주칠 난감한 상황에 대비하여 자취방에서 해결했다.

동기들이 싫었던 것은 아니었다.
하지만 일 년 동안 인간관계를 쌓지 않아 가치관이 삐뚤어졌었다.
과거의 인연에 집착했고, 이미 소중한 인연에만 에너지를 쏟고 싶었다.
게다가 학교에 마저 소속감을 못 느껴서 마음의 문을 굳게 닫아뒀었다.

학기가 지나 인사만큼은 많이 나눠서 동기들과 어색함이 없어졌을 때쯤,

어느 금요일 물리 시험을 봤다.

못 푼 문제를 얘기하는 동기 얘기를 들으며 강의실을 나오다가 빠져나올 타이밍을 놓쳤다.

담배를 피우는 두 동기를 기다리며 뭐 하고 놀지에 대한 얘기를 나누는 동기들 사이에 끼어있었다.

"야, 어디 갈래? 당구장? 피시방? "

"배고파, 밥부터 먹자."

"난 여친 만나러 감."

"아~"

나는 도서관에 가서 과제를 할 계획이었다.

월요일까지 제출할 과제가 있었는데, 오늘 밖에 과제 할 시간이 없었다.

주말에는 일산 친구들과의 약속으로 가득 차 있었다.

그런데 한 녀석이 어깨동무하며 물어봤다.

"너도 같이 놀자! 어디 갈래? "

"어... 나는... 도서관 가려고..."

"...!? "

놀 생각이 없던 나도 당황했고, 물어본 동기도 당황했다.

이럴 때마다 순발력도 없고 지나치게 솔직한 내가 원망스럽다.

"지금 시험 끝났는데....? "

"미적분학 과제 하려고..."

"그거 주말에 하면 되잖아...? "

"주말에 약속이 있어서..."
"아... 아니..."

물어본 동기도 서로 당혹스러웠던 그때를 기억한다.
이 두 사람은 장차, 가장 오랜 기간 학교를 함께 다니며 가장 친한 동기가
된다.

고맙게도 이 녀석은 다시 회유해보았지만, 삐뚤었던 나는 단호했다.
이상한 실랑이를 지켜보던 다른 동기는 나를 그냥 보내주자고 했다.
그렇게 동기들은 다 같이 놀러 갔고, 나는 혼자 도서관으로 가서 과제를
했다.

주말에는 왕복 세 시간 거리를 이동해 고등학교 친구들을 만났다.
평일에 놀고 주말에 과제를 하는 보통의 신입생들과 나는 반대로
행동했다.

그렇다고 반 동기들을 무조건 밀어내진 않았다.
친분을 쌓진 않아도, 미움을 사거나 나쁜 관계로 만들고 싶진 않았다.
학교생활을 하거나 인맥을 쌓을 마음은 없어서 과 행사에는 참여하진
않았다.

유일하게 참여한 과 내 행사가 반 엠티였다.
반 엠티마저 가지 않으면 동기들이 날 싫어할 것 같았다.
깊은 관계가 되진 않더라도 호의적인 관계로 남겨두고 싶어서 참여했다.

학창 시절 친구들과의 약속이 우선이었으나, 가끔은 동기들이 놀자고

물어보면 응하기도 했다.
이상한 것 같진 않은 녀석이 혼자 다니는 것을 이해하지 못해 신비주의로
불리었다.
상황을 설명하지 않았으니 이해 못 할 수밖에.

5월 말에 축제가 다가오고 동기들은 다 같이 주점에 가기로 하면서
나에게도 물어보았다.
축제를 경험해보고 싶기도 했지만 일산 친구들과의 약속이 있었다.
약속을 조금 미루고 도중에 나오기로 했다.

노는 와중에 빠져나오는 것이 조금 친해진 동기들에게 미안했다.
미안하기도 하고 호의를 베풀고 싶은 마음에 빠져나오면서 학교에서
매우 가까웠던 내 자취방 열쇠를 동기들에게 내어주었다.

고려대학교의 축제 마지막 날은 공연 행사를 종일 진행하는데, 이날은
혼자 즐기고 싶지 않았다.
그런데 내가 먼저 같이 놀자고 다가간 적이 없어서 걱정이 앞섰다.
필요할 때가 되니 찾는다고 생각하며 재수 없게 여길까 봐 걱정했다.
눈치를 보며 조심스럽게 합류했는데, 다행히도 반가워해 주었다.

유명한 몇몇 동아리가 공연하기도 하고, 가수가 와서 노래하기도 했다.
중간중간에 응원단이 무대에 올라 다 같이 응원하기도 했다.
모든 고려대학교 학생들이 아는 학교 응원을 혼자 몰라서 옆 동기를
어색하게 따라 했다.

이날만큼은 고려대학교 신입생으로서 밤늦게까지 동기들과 같이 신나게

놀았다.
사실, 같이 놀았다기보다는 재수 없는 나를, 착한 동기들이 놀아줬다고
생각했다.
그 와중에, 뒤풀이 행사는 가지 않았다.

그렇게 나도 모르게 동기들과의 추억이 스며들기도 했다.
그 와중에 중간중간 학교 도서관에서는 동기들 몰래 수능 공부를 했다.
처음엔 서울대에 합격할 만큼 점수를 올릴 가능성이 매우 적을 거라
생각했기에 휴학하지 않으려 했었다.

하지만 대학 도서관에서 수능특강을 펴는 것 자체가 눈치가 보였다.
반역자라도 된 것 같은 기분에 당당하게 수능 공부를 할 수가 없었다.
이렇게 반수를 준비하다가는 이도 저도 아닌 상황이 될 것 같았다.

1학기가 끝나갈 무렵, 나는 고민 끝에 휴학을 마음먹었다.
기왕 하기로 한 거 제대로 해서 핑계를 만들지 말아야겠다는 결론을
내렸다.
떠날 때가 되니, 어느 정도 추억을 공유하게 된 동기들이 생각났다.
필요할 때만 조용히 어울렸던 나를 받아준 게 고마웠고, 인사를 하는
것이 도리라고 생각했다.

하지만 21살의 나는 어떻게 인사를 해야 할지 몰랐다.
방학이 되고 어느 정도 친해진 동기들과 어쩌다 같이 놀고, 어쩌다 내
자취방에 가게 되었다.
비싸기만 하고 좁아터진 서울의 자취방에서 나는 의도적으로 잘 보이는
곳에 있던 '수능 특강'을 숨기지 않았다.

울산에서 올라온 동기가 풀다 만 '수능 특강'을 집어 들었다.

"이 뭐고, 니 수능 또 보게? "
"응. 사실 나 다음 학기 휴학해."
"아, 니 그래서 우리랑 잘 안 놀았던 거가? "
"응... 미안."
"아, 뭐 그럴 수 있지. 잘 준비해라."

그렇게 나는 내 신비주의를 설명하고, 휴학했다.
다시 돌아올 것은 생각 못하고.

예상대로 나는 수능을 시원하게 말아먹고, 고려대학교로 다시 돌아갔다.
10명 정도의 동기들과는 아직도 연락하며 가까운 사이가 되었다.

좋아하는

우울증에 걸리고, 상담을 하고, 글을 쓰면서, 나를 돌아봤다.

여전히 나는 약을 먹지 않거나 예상을 벗어나는 상황이 벌어지면 불안이
스멀스멀 올라온다.
이유를 모르는 상황에서도 종종.

이제 그럴 때면 나는 안정을 찾기 위해 내가 좋아하는 것을 찾는다.
물론 그런다고 불안이 쉽게 사라져버리진 않는다.
그래도 이제는 불안 속에 나를 그냥 방치해두고 싶지 않다.

내가 좋아하는 게 뭔지 생각해보았다.
안정을 찾기 위해서.

LOL(게임)

동기들과 친해지기 위해 흥미가 없는데 시작했다.
하지만 이후 게임에 미쳐버렸고 지금은 주변에서 거의 제일 잘한다.
가장 점수가 높았을 때는 상위 0.5%에 속했다.
이제는 공부보다 잘하는 것 같다.
게임을 할 때만은 현실이 생각나지 않아 게임은 나에게 현실 도피처였다.
글을 쓰는 동안은 게임을 하지 않았다.

커피

평균적으로 아침에 한 잔, 오후에 두 잔, 저녁에 한 잔을 마신다.

휴학을 하고 동시에 세 개의 알바를 한 적이 있었는데, 피곤한 아침 매일 카누를 한 잔

마시며 외출했다.

반 년을 그렇게 커피를 마셨더니, 중독자가 되었다.

음악(가을방학, 빈지노)

음악을 좋아한다.

제일 좋아하는 가수는 가을방학, 두 번째는 빈지노다.

가을방학은 뒤에 따로 얘기할 것이고, 빈지노는 첫눈에 반해버렸다.

우연히 당첨되어 무료로 보게 된 콘서트에서 처음 본 빈지노의 모습은 컬쳐 쇼크였다.

'사람이 저렇게 멋있을 수 있구나...? '

나는 그때부터 힙합에도 관심이 생겼고, 패션에도 관심이 생겼다.

잘 안다는 말은 아니다.

좋아하고 관심이 있을 뿐.

신발

의류 중에서 신발을 가장 좋아한다.

특이하면서 내 눈에 이쁜 신발을 사는 것을 좋아한다.

작년부터 수집에 취미가 들려, 지금 신발이 컨버스 4개, 나이키 4개, 뉴발란스 2개,

퓨마X아더에러 1개, 반스 2개, 컨버스X꼼데가르송 1개 등등...

과하다. 하지만, 또 살 것이다.

돈 쓰는 건 항상 짜릿해.

여행

즉흥적인 여행을 좋아한다.

누군가와 함께 하는 여행은 내 맘대로 할 수 없어서 휴양을 선호한다.

일본 여행과 유럽 여행을 혼자 갈 때도 교통편 빼고 아무 계획도 짜지 않았다.

일본에서 입국하는데 첫 숙소를 예약하지 않아 출국 심사에 걸렸다.

유럽에선 입국하자마자 환승 비행기를 놓쳐버렸다.

작년엔 제주도에 3번 갔다.

자연

유럽 여행을 다녀온 이후 인간의 창조물에 대한 감흥은 많이 줄어들게 되었다.

모든 세상을 본 것은 아니라 또 달라질 수도 있지만, 이제는 자연을 보는 게 좋아졌다.

웅장하지 않아도 조화롭고 평화로운 자연을 보면 마음이 편안해진다.

일상에서, 낯선 곳에서 예쁜 골목이 눈에 띄면 그냥 들어가기도 한다.

(그래서 혼자 가는 여행을 좋아한다. 과하게 걷는다.)

여자

모든 여자를 좋아하진 않는다.

마음에 드는 사람이 생기면, 마음이 커지기 전에 밥이나 먹자고 한다.

(밥을 같이 먹는 모든 여성을 좋아하는 건 아니다.)

이전에는 표현 못하고 혼자 마음만 키우다 낭패만 본 적이 많았다.

그런데 좋은 사람은 보통, 남자친구가 있더라.

엄마

설명 생략.

반지

꿈을 포기한 것을 받아들이려 할 때,
형의 죽음을 받아들일 때,
반지를 하나씩 샀다.
오래 끼고 다니다 보니 다른 반지도 사게 됐다.
지금 4개의 반지를 끼고 다닌다.
두 개는 매우 소중하다.

걷기

여행 가서도 웬만한 거리는 걸어 다닌다.
새로운 곳을 걸어 다니며 감상하는 것을 좋아한다.
요즘엔 미세먼지가 많은 날은 자제한다.
나는 오래 살 것이다.

친구들

나 정도면 깊은 사이의 친구가 많은 편이라 생각한다.
재수, 장례식 이후 친구를 더 소중히 생각하게 되었다.
인생은 혼자 살아갈 수 없다.

귀엽고 순수하고 작은 생명(아기, 강아지, 고양이 등)

조건 없이 주는 사랑이 너무 따뜻하다.
강아지 중에는 엄마 아는 분이 키우는 가을이,
고양이 중에는 우리 학교 수호신 뽀또를 가장 좋아한다.

영화

드라마 장르를 가장 좋아한다.
'만약의 삶'을 체험하게 해주는 것이 좋다.
우울증 이후엔 책도 좋아하게 되었다.

미식

단지 먹는 것은 좋아하지 않는다.
맛있는 걸 좋아한다.
음식을 '파는' 식당보단 음식을 '대접'하는 식당을 좋아한다.
혼밥을 거부하는 식당은 보이콧한다.
신촌 미분당, 인사동 꽃 밥에 피다, 신내동 스시차이, 안암동 주유소/야마토 텐동
일산 아재 칼국수/일산 칼국수를 좋아한다.

한강

한강 다리를 걸어서 건너는 것을 좋아한다.
차가 쌩쌩 다니는 긴 다리를 건너는 동안 사람은 거의 보이지 않는다.
그 복잡한 서울 속에서 그때만큼은 혼자인 것 같다.
고요하고 드넓은 한강을 바라보고 있으면 나를 안아주는 느낌이 든다.

물

이유는 모르겠다.
머릿속이 복잡할 때 샤워를 하다 쭈그려 앉아 궁상맞게 물을 맞고 있곤 한다.
비도 맞을만 하면 그냥 맞는다.
미세먼지 많은 날에 비가 내리기 시작하면 안 맞는다.

불

이유는 역시 모르겠다.
어렸을 때 불이 좋아 공터에서 불장난을... 종종 하곤 했다.
단지 불을 보는 게 좋아서...

전시회

전시회에 가면 마음이 편안해진다.
제일 좋았던 전시는 2017년 구슬모아 당구장에서 봤던 최랄라 사진전.
좋아하지만 현대 미술을 이해한다거나 해석한다거나 그러진 못한다.
지금은 직관적이고 쉬운 게 좋다.

공연

가을방학, 빈지노의 공연은 거의 다 가려고 한다.
인생 최고의 공연은 브루노 마스 내한 공연.
(계피 누나, 성빈이 형 죄송해요.)

별

공기 좋은 날이나 시골에 가게 되면 별을 보기 위해 항상 밤하늘을 본다.
별자리도 좀 안다. 오리온자리, 카시오페이아자리, 북두칠성, 백조자리 등.

바다

바다를 보고 있으면 마음이 안정된다.
가만히 파도 소리를 듣고 있을 때의 평화가 참 좋다.

이외에 그네에 앉아있기, 엄마가 차려주는 아침, 등을 좋아한다.

영화와 책을 좋아하는 것과 같은 이유로, 대화하는 것 또한 좋아한다.
사람들과 나와 다른 가치관, 사상을 공유하는 것이 좋다.
새로운 관점에서 인생을 바라볼 수 있게 해준다.

작년에 제주도 여행을 갔을 때, '언니네 수족관'이라는 게스트 하우스에
묵었다. (인생 최고의 숙소 추천해준 흔에게 감사.)
그리고 저녁부터 늦은 새벽까지, 각자의 아픔이 있는 사내 4명이서 대화를
했었다.
나는 평소처럼 듣기 위주로 대화에 참여했다.

각자의 아픔을 듣는데, 나는 아픔을 이겨내는 중이었기에 그 사람들에게
도움을 주고 싶었다.

상담 때 들었던 '감정의 주머니' 얘기를 꺼냈다.
내가 우울증이란 얘기는 굳이 꺼내고 싶지 않아서 심리학 강의에서 들었
다고 덧붙였다.

거짓말은 거짓말을 낳는다고, 상담에서는 사람마다 감정을 수용할 수
있는 크기가 다르다고만 들었었다.
하지만, 보통 강의에선 결론이 있기 때문에 상담에서 듣지 못한 나만의
결론을 꾸며내버렸다.

"한 번 아팠을 때 본인이 수용할 수 있는 감정의 크기를 깨닫게 되면,
다음부턴 주머니가 터지기 전에 자신을 보호해야 한다고 하더라고요.

싫어하는 것으로부터 차단하고, 좋아하는 것을 가까이하고."

나도 처음 생각해낸 말이다.
선한 거짓말은 나에게도 새로운 사실이 되었다.
나도 모르게 스스로에게도 위로를 전하게 되었다.

그리고 어떤 형님 한 분의 이야기가 가장 인상 깊었다.

"저는 일에서의 행복은 포기했어요. 일에서는 돈과 안정성을 택하고,
행복은 그 밖에서 찾으려고 해요."

일 자체에서 느껴지는 행복을 포기하고, 일을 통해 번 돈으로 행복을
찾는다고 했다.
이 여행도 그 행복 중 하나라며.

나는 절망에 빠진 이후에 나를 불행하게 만드는 것과 모두 차단하려
노력했다.
그중 하나가 공부였다.
그리고 나는 할 수 있는 것보다, 하고 싶은 것을 찾던 중이었다.

그 형님은 나와 달랐다.
나와 다른 길을 가고 있는 사람을 볼 수 있게 돼서 좋았다.

하고 싶은 것과 할 수 있는 것의 균형을 찾기는 참 어려운 것 같다.
나의 균형은 그 사이 어느 곳에 있는지 아직 찾지 못했다.
계속해서 그 균형을 찾기 위해 노력할 것이다.

아빠 없이 자란

아빠에 대해 아는 것이라곤 엄마가, 친척들이 해준 이야기가 전부이다.
아빠는 원칙을 따르는 사람이었다고 한다.

아빠가 살아있을 시기에 교통경찰을 하게 되면 단속을 눈감아주는
대가로 돈을 많이 챙겼다고 한다. (모든 경찰이 그렇진 않았겠죠.
들은 얘기입니다.)

그런데 아빠는 한 푼의 돈도 받지 않았다고 한다.
진위 여부는 모르지만, 어렸을 때 그렇게 들었다.

엄마는, 친척들은 나에게 아빠를 그리워하는 모습만을 보여주고, 좋은
얘기만을 해주었다.

목소리도 모르는 아빠이지만, 나도 아빠를 닮고 싶었다.

나도 언젠가 죽게 되었을 때, 아빠처럼 기억되고 싶었다.
내가 죽어도 오랫동안 나를 사랑하는 사람이 있는 사람.
그리고 내가 죽어도 주변 사람들이 내 자식들을 보살펴주게 되는 사람.

내가 바르게 살려는 가장 큰 이유이다.

그리고 힘들게 나를 키운 엄마에게 보상해주고 싶었다.

"혼자 아들을 저렇게 잘 키웠어? "

라는 소리를 듣게 하고 싶었다.

가족과 떨어져 살며 외로운 날을 보내던 중, 하루는 놀다가 친구를
자취방에 데려왔다.
그땐 반수가 끝나고 일산에서 학교를 통학하던 시기였다.

1시간 반 거리를 굳이 자취하면서 통학하는 이상한 상황을 친구가
궁금해했다.
친구의 궁금증을 풀어주다가 내 상황을 얘기하게 되었다.

"아빠는 5살에 돌아가셨고, 형이랑 얼굴 안 보고 살아."
"엥? 진짜? "
"응. 엄마는 아빠 돌아가시고 수능보고 사범대가서 선생님 됐고."
"와, 난 너가 평범하고 화목한 집에서 곱게 자란 줄 알았어."

엄마에게 아들 잘 키웠다는 말을 듣게 하고 싶어서.
아빠 없이 자랐는데 잘 자랐다는 소리를 듣고 싶어서.
버티고 버티던 나에게 그 말을 큰 위로로 다가왔다.

20년 동안 잘 버텼다는 말로 들렸다.
잘 버티고 있다는 말로 들렸다.

곧 행복이 찾아올테니 좀 더 버텨보자고 다짐했었다.

겉모습

상담을 하다가 하루는 상담 선생님께 궁금한 게 생겼다.

"다른 사람들은 무엇 때문에 찾아오나요? "
"다 다르죠."
"저처럼 큰일을 겪은 사람들인가요? "
"아니요~ 철영 씨만큼 큰일을 겪은 사람은 많지 않아요~"
"음... 그럼 별일 아닌 걸로도 오나요? "
"그렇게 말할 수도 있죠. 그런데, 자세히 파고들면 그 사람에게는 별일
이 아닌거죠."

사람마다 살면서 겪은 크고 작은 일이 쌓이고, 어떤 계기로 인하여 마음의
병이 생긴다고 한다.
나 또한, 내 인생에서 형의 죽음만 있었더라면 우울증에 걸리지 않았을
것이다.
나도 모르게 상처가 곪아가고 있었고, 형의 죽음으로 그 상처가 터졌던
것이다.

어렸을 때는 우울증 같은 건 나약한 사람들이나 걸리는 거라 거만하게
짝이 없는 생각을 했었다.
노숙자들을 볼 때도 저 사람들은 참 나약한 사람들이라고 생각했었다.

그 사람들이 무슨 일을 겪었는지도 모르면서.

스스로 정말 아프고, 밑바닥을 경험해보니 그런 사람들을 보는 관점이
완전히 달라졌다.

그 사람들의 깊은 이야기를 듣지 않은 이상 아무것도 모르는 거라고.

우울증으로 병원에 다닌 지 한두 달 되었을 때, 학교에서 활동하던 봉사단
에서 백서 만드는 팀을 맡게 되었다.

태생적으로 게으른 나는 학창시절부터 꾸준히 지각을 많이 했다.
회의에도 자주 늦었다.
백서팀에서의 내 이미지는 말썽꾸러기 오빠였다.

두 살 어린 한 동생은 충동적이고 즉흥적인 나와 반대로 매우 계획적인
사람이었다.

내가 또 회의에 늦고 능청스러운 대처를 하자 그 동생이 체념하며 말했다.

"후... 난 오빠가 부럽다."
"응? 왜? "
"오빠처럼 살면 행복할 것 같아."
"음... 그래? "

음...

물론 그 친구는 내가 어떻게 살아왔는지, 내가 우울증을 치료 중인지
아무것도 모른다.

주관이 매우 뚜렷해서 하고 싶은 대로 하고 하기 싫은 건 잘 안 하는 나는
우울증에 걸리고 그 성향이 더 짙어졌다.

최대한 '나' 대로 살고 싶었다.

그런 모습의 나를 보고, 나처럼 자유롭고 남 눈치 안보고 살고 싶다는
의도로 얘기했을 것이다.

그 말을 들은 나는, 함부로 사람을 판단해선 안되겠다고 생각했다.
그 친구도 우울증에 걸린 사람에게 행복해 보인다는 말을 했다는 걸
알면 미안해하겠지.

겉만 봐서는 알 수가 없다.
겉모습은 그 사람이 보여지고 싶은 모습일 뿐, 그 사람의 모습이 아니다.

이 책을 읽은 나의 지인들은 정도의 차이는 있어도 모두 새로운 사실을
알게 될 것이다.
그래도 내 겉모습은 크게 변하지 않을 것이다.
내가 사람들에게 비춰지고 싶은 모습은 크게 변하지 않을테니.

그래도 나에 대해 더 잘 알게 된 것뿐이지 내가 변한 것은 아니니, 나를
대하는 태도가 크게 달라지지 않길 바란다.

가을방학 (2019)

내가 가장 좋아하는 가수는 '가을방학'이다.

가을방학의 노래 중 가장 좋아하는 노래는 '근황'이다.
처음으로 노래가 사람을 위로해줄 수 있다고 생각하게 해 준 노래이다.
'근황'은 누군가와 헤어지고 아프지만 괜찮은 척하는 화자가 부르는
노래이다.

'… 다들 잘 지내나요. 난 별일 없는데. 다들 행복한가요. 난 웃고 있는
데 …'

1절에서의 화자는 괜찮은 척을 한다.

'그댄 잘 지내나요. 난 별일 없는데. 정말 행복한가요. 난 울고 있는데
…'

1절에서는 괜찮다고 말하던 화자가 2절이 되자, 괜찮지 않다고, 사실 울
고 있다고 고백한다.

이 노래를 처음 들은 재수 시절, 나는 친구들에게 괜찮은 척하며 밤에는
외로움을 버티기 힘들어 잠 못 이뤘다.

버스를 타고 창 밖을 보면서 이 노래를 들으면 눈물이 나곤 했다.
밤에도 이 노래를 들으며 감정을 쏟아내고, 위로를 받았다.

이후에 어떤 노래도 나에게 그 시절 들었던 '근황'만큼 감정을 불러일으
키지 못한다.

나에게 처음으로 노래로 위로를 해줬던 가을방학은 누가 뭐래도 나에게
최고의 가수이다.

책 제목도 저 가사에서 따온 것이다.
책을 쓰면서 절반 정도 쓸 때까지도 제목을 정하지 못했다.

그러다 이 노래가 떠올랐다.

계속 괜찮은 척을 해왔지만 사실은 눈물을 흘렸던 것이, 평생의 내 모습
이었다는 생각이 들었다.
제목을 사용하게 허락해준 가을방학에게 다시 한 번 감사하다는 말을
전하고 싶다.

마지막으로, 가을방학 입문하고 싶은 사람들에게 개인적으로 '이름이
맘에 든다는 이유만으로'를 추천한다.

나는 이 노래 가사 속에 나오는 사랑을 하고 싶다.

'그댄 절대 변하거나 하지 마요. 내가 흔들릴 때는 꼬옥 안아줘요.'

서로에게, 상대방이 흔들려도 같은 자리에서 꼭 안아줄 수 있는 사람이
되어주는 사랑.
그런 사랑을 오래오래 하고 싶다.

추신 (2022)

가을방학의 음악을 좋아하는 사람으로서 가슴 아픈 일이 있었다.
멤버 중 한 명이 두 번의 고소를 당했고, 최근 한 번의 범죄 사실에 대해
1심에서 실형을 선고 받았다.

내가 정말 좋아했던 사람이, 좋아하는 음악을 만든 사람이 범죄자가 되
었다는 사실에 배신감을 느꼈다.
이제는 마음 편히 그 음악들을 즐길 수 없게 되었다.

나보다 훨씬 큰 상처를 받았을 다른 멤버는 예전이나 지금이나 자신의
삶 자체인 노래임은 변함이 없다고 말했다.
그리고 누가 쓰고, 누가 불렀든 노래에 공감한 그 기억은 침범받을 수 없
는 오로지 자신만의 것이라고 말해주었다.

타인에게 영향을 주는 사람의 무게를 다시 한 번 느꼈다.
누군가의 마음을 사는 사람이라면 그 마음에 책임이 있다.

나 역시, 누군가의 마음을 움직이고 싶은 사람으로서 책임감을 다시 한
번 느끼게 되었다.
나는 내 창작물을 소비하는 사람들에게 부끄럽지 않도록 노력할 것이다.

글을 마치며...

나의 첫 번째 책을 마쳤다.
책을 정리하는 마음으로 책의 내용과 꽤나 중복되는 말을 할 것 같지만
아무튼 시작하겠다.

이 책을 쓴 목적은 크게 두 가지다.

첫 번째는 책을 쓰고 내는 것 자체.

재수 이후로 처음으로 삶의 목표가 생겼다.
'책'이라는 결과물을 만들어 목표를 이루고 싶었다.

그리고 책을 쓰면서 나의 감정과 과거를 다시 돌아보는 것도 좋았다.
나를 스스로 치료하는 방법 중 하나가 되었고 그 과정이 재미있었다.

책을 쓰고 내는 것 자체에 가장 큰 의미를 두었다.

두 번째는 이 일이 내 업으로 삼을 수 있는 일인가 검증하기 싶었다.

나는 지금 전공의 길을 계속 걷는다면 일 자체에서 오는 행복을 찾지는
못할 것이라 결론을 내린 상태이다.
그래서 전공 대신, 업으로 삼을 수 있는 다른 일을 찾다가 첫 번째 도전
으로 삼은 것이 책을 쓰는 것이다.

글을 쓸수록 쓰는 것 자체에 즐거움을 느꼈고, 글을 쓰는 것을 업으로
삼고 싶다는 생각이 강해졌다.
현실적으로, 업으로 삼으려면 돈을 벌 수 있어야 한다.

내 책의 완성도를 높이기 위해 수원에 '리지', 김명선 작가님을 찾아갔다.
작가님께서 해주신 피드백과 조언은 책의 뼈대를 잡는데 지대한 영향을
끼쳤다.
작가님의 조언을 듣고 내 글이 일기장에서 책이 된 것 같다.

나는 이 책을 통해 시장에서 통한다는 생각이 든다면, 다음 책을 쓸 마음이
생길 것 같다.
하지만 기대가 크면 실망도 큰 법이기에, 기대는 하지 않을 것이다.
난 실망하고 싶지 않다.

반대로 시장에서 통하지 않는다면, 첫 절망을 정리해둔 기록이랄까.
살면서 또 어떤 일을 겪을지 모르기 때문에 마지막 절망이라고 단정하
진 않겠다.

어찌 되었든, 지금은 전공 공부를 이어가기보다는 글을 계속 쓰고 싶다.
나의 자퇴를 응원하고 나의 후속작을 보고 싶다면 책을 더 사주길 바란다.

사랑하는 사람들에게, 명절마다 만나는 친척들에게 줄 선물로 이 책을
구매해준다면 감사할 것 같다.
책을 재밌게 읽었고, 당신이 혹시 인싸라면 홍보도 부탁한다.
#정말잘지내나요사실난울고있어요

추가로 리지 작가님에게 조언을 들을 때, 책을 통해 전하고 싶은 메세지가
무엇이냐는 질문을 받았었다.
처음에는 메세지 같은 건 없었다.

질문을 받고, 쓰면서 생각해보니 우울증을 앓고 있거나, 깊은 우울에 빠져 있는 사람들에게는 응원의 메세지를 전하고 싶었다.
혼자 이겨내려고 하고 있다면, 그러지 말라고 말하고 싶었다.

이겨내는 것은 본인이 이겨내야 하는 것은 맞다고 생각한다.
내 감정은 내 것이지, 다른 사람의 것이 아니다.

하지만 누군가와 함께한다면 큰 용기와 힘을 얻을 수 있을 것이다.
나는 상담사 선생님이 아니었다면 아직 우울에서 벗어나지 못하고 있었을 것이다.

앞에서 얘기했다시피, 처음엔 이 책을 익명으로 내려고 했었다.
하지만 쓰다 보면서 실명으로 내야겠다고 결심하게 되었다.

위로를 한답시고 전달자가 '당신 얘기를 얘기하세요!' 라고 익명으로 얘기한다면, 와닿지 않을 것 같아서 당당해지고 싶었다.
내가 먼저 꽁꽁 숨겨왔던 나의 내면을 주변 사람들에게, 세상에 솔직하게 다 공개해버리고 싶었다.
(또 리지 작가님 말에 따르면, 초보 작가들에겐 지인 판매가 크다고...)

26살 애송이로서 이런 말을 하는 것이 부끄럽기도 하다.
나보다 긴 세월을 산 사람도, 나보다 아픈 고통을 겪은 사람도 세상엔 많을테니.

그래도 나의 이야기를 듣고 마음에 울림이 있을 사람이 있길 바라며 이 책을 썼다.

그리고 도움이 되길 바란다.

지금 본인이 행복하지 않다고 생각된다면,
이렇게 살다간 불행한 나날이 계속될 것 같다면,
잠시 쉬어가며 인생을 돌아보는 시간을 갖길 바란다.

무엇이 나를 불행하게 하고, 무엇이 나를 행복하게 할 수 있는지.
나는 무엇을 좋아하고, 무엇을 싫어하는지
쉬어가며 스스로를 탐구해보길 바란다.

사랑하는 사람과 함께, 더 늦기전에.

2022년.

3년이 흘렀고, 29살이 되었다.
1쇄를 다 소비했고, 내용을 조금만 편집하고 2쇄를 내려고 했다.
물론 최선을 다해 썼었지만, 3년 동안 정리된 생각을 추가하고 싶었다.

가족 부분은 편집하지 못했고, 꿈에 대한 내용만 편집했다.
3년이 지나도록 책 전체를 읽지 못 할 줄은 몰랐다.
3판을 낼 때는, 가족 부분도 조금 다듬어서 내고 싶다.

글은 최대한 26살의 내가 쓴다고 생각하며 편집했다.
빠지는 내용은 없이, 이야기를 추가하고 순서를 조금 바꿨다.
조금씩 손보다 보니, 욕심이 생겨 40쪽이 추가 되었다.

3년 동안 또 다양한 일들이 있었다.
점점 밝아질 날만 올 줄 알았지만, 다시 어두운 밤에 찾아왔었다.
이전과 달리 요령이 터득해, 곧 밤이 저물었다.
지금은 다시 날이 밝는 중이다.

인생은 물론, 세상 모든 것은 파도와 같고 확실한 것은 없다.
(양자 물리에서도 그렇게 설명한다는 정말 신비한 사실)
역시 파도를 거스르기보단, 파도를 잘 타는 사람이 되어야 겠다.

전보다는 많이 작아졌지만, 특별한 사람이 되고 싶은 욕심은 여전하다.
하지만, 방향은 크게 틀었다.

과거에는 학문적으로였지만, 글을 쓰고 나서 문화적으로 특별한 사람이
되고 싶어졌다.

그래도 너무 집착하진 않으려한다.
쉽진 않겠지만.
되면 되는대로, 안되면 안되는 대로.

학교는 자퇴를 했다.
재입학이 가능하다곤 하는데, 돌아갈 것 같진 않다.
돌아가도 더 배울 게 없을 것 같다.

그래도 학교를 다니며 배운 것도 참 많다.
좋은 사람을 많이 만났고, 좋은 인연을 많이 만들었다.
거의 다 강의실 밖에서 배웠다.
재밌는 문화도 배웠다.

3년 동안 있었던, 내 인생에 가장 큰 변화는 가족에 있었다.
책을 낸 지 얼마 안되어 강아지, 고양이 동생이 생겼다.
내 옆에서 가장 안정감을 느끼고, 나만 바라봐주는 작은 생명이 너무나
사랑스럽다.
필자의 인스타그램에서 아주 예쁜 가을이와 봉숙이 모습을 확인할 수
있다.

아직 우울증 약은 복용 중이다.
그래도 삶에 꽤 재미를 느끼고 있고, 미래를 생각한다.
가끔 마음에 돌덩이가 생기는 날이 있지만, 대부분 일시적이다.

잘 일어나고 잘 자는 게 가장 어렵다.
의욕적으로 하루를 시작하고, 가볍게 하루를 마무리하는 게 쉽지 않다.

최근 들어, 홍보를 좀 신경써서 해보려는 중이다.
원체 어필하는 걸 정말 못하지만, 요즘 시대에 어필하지 않는 콘텐츠는
살아남지 못한다고 느꼈다.
조금 죽을 맛이다.

홍보에 쓸 돈을 마련하기 위해 일을 조금 했다.
일용직을 잠깐 하다가, 스타벅스에서 7개월간 일했다.

일용직은 몸은 꽤 힘들었어도, 다양한 형님들이나 아저씨들과 나눈 인생
이야기가 참 재미있었다.
사업에 실패하고 회생 중이던, 말 참 잘하고 재미있던 광준이 형
30년 동안 주 6일 넘게 일하다 정년 퇴직을 하고, 쉬는 법을 몰라 다시
일하시는 피 반장님(골절상을 입으셨는데, 건강하셨으면 좋겠다).
젊은 나이에 대기업을 퇴사하고 30년을 일한, 무거운 건 맨날 뺏어가신
말도 많고 정도 많은 이 반장님(환복할 때 허벅지 잔근육 보고 놀람).
얼굴은 못 봤지만, 열정적이고 친절했던 소장님 등등.

스타벅스는 내 기준보다 큰 열정을 요구해 정신적으로 꽤 힘들었다.
하루에 수많은 사람들을 대하는 일도 퍽 지치는 일이었다.
그래도 일해본 곳 중에, 좋은 동료가 가장 많은 일터였다.
내게 선생님이라 부르며 정말 공손한 태도를 보였던 손님이 있었는데,
고급스럽게 겸손한 분위기가 참 멋졌다.

그렇게 모은 돈은 책 홍보와 제작에 아낌 없이 쏟을 생각이다.
직업으로 삼을만큼의 수익화는 아직 멀어보이지만, 책을 읽고 응원을 보
내주는 사람들이 꾸준히 있어 더 하고 싶은 마음이다.

내용 편집을 마치고, 이 짧은 맺음말를 적는데 거의 한 달이 걸렸다.
일을 그만두고 느슨해지면서, 한 달 동안 일상을 엉망으로 보냈었다.
살짝 구겨진 마음이 글에 묻어나진 않을까, 한 달 동안 손대지 않았다.
얕은 바닥을 찍고 다시 수면으로 올라와, 당분간 열심히 살 생각이다.

그렇게 많진 않지만, 책을 내고 내게 응원을 전해준 사람들이 있었다.
그런 응원에 힘입어 아직까지 책을 쓸 수 있는 것 같다.
그 분들에게 잘 살고 있다는 소식을 종종 전하고 싶었으나, 굉장히 내향
적인 성격 탓에 소식을 자주 전하지 못했다.

뭐 종합해보면, 그냥.
그럭저럭 살았다.

그리고 다들, 몸도 마음도 건강히 지내길 바란다.

Special thanks to. 희빈, 태훈, 성진.

Thanks to.

이아람 선생님

절망 속에 있는 저에게 손을 내밀어 주셔서 감사해요.
평생 잊지 못할 거예요.

김명선 작가님

책을 쓰는 데에 직접적으로 가장 큰 도움을 주셨어요.
작가님의 책을 읽고도 큰 감명을 받았어요.
계속 인연을 이어갈 수 있길 바라요.

수흠. 재호. 재우 형. 사무엘. 종원. 서영. 영준. 준우 형.
대한. 상범. 동우. 용석. 희빈. 한솔. 종관. 창우. 성진.
준하. 상희. 용원. 건희. 상우. 준규. 경민. 태준. 영준.

장례식에 와준 내 친구들

승걸. 상희 어머니. 설호. 동훈. 창래.
상규. 인엽이형. 재훈. 예성. 바타.

부조금 보내준 사람들.

당시 군대에 있었던 정오. 준호. 희준.

전하지 못해 미안하고 전화해줘서 고맙고.

안 온 재용

책 10권 사면 봐드림.

혼밥 파트너 태훈

안 적기 뭐해서 적음 ㅋ.

J.

날 위해 울어줘서 고마웠고.
처음으로 내 우울증 이야기를 들어줘서 고마웠어.

이민구 교수님. 강병근 교수님.

참 어른의 모습을 보여주시고, 개인적인 시간을 내주셔서 감사합니다.
교수님들께서 가르쳐주신 지혜는 저를 겸손하게 만들었습니다.

세인 누나.

이제 누나라고 부를거에요~
저를 아껴주시고 응원해주셔서 항상 감사했어요.

랜선 친구 **주현 씨**

책에 가장 많은 피드백을 주셔서 감사해요. ^_^
도움 정말 많이 되었어요.

준영. 준규. 지밥. 혜미. 예흔. 소현. 유리. 형호.
은영. 선웅. 우현. 윤영. 종민. 종헌. 유길. 은지.
그리고 미처 적지 못한 사람들.

글을 읽고 응원해주고 피드백을 해줘서 고마워.

외가 친척들

엄마 다음으로 오랫동안 나를 사랑해줘서 고마워요.

친가 친척들

아빠를 기억해주고 아빠 대신 나를 사랑해줘서 고마워요.

윤경. 효정.

아끼는 동생들인데 비보를 전하지 못해서 미안해.
너희가 나에게 그랬다면 서운했을 것 같아.

완도 신지중 아이들

평범한 나를 특별한 사람으로 대해줘서 고마워.
덕분에 살아갈 이유를 조금 느꼈어.

가을이. 뽀또.

작은 관심을 따뜻하게 돌려줘서 고마워 작은 생명들.

우원재, 빈첸

우울증을 고백하는데에 귀감이 되었어요. 응원해요.

계피

노래로 저를 위로해주어서 항상 고마워요.
항상 응원하고 있어요.

형에게

나는 아직도 형이 미워
보고 싶지 않아
아직도 용서하지 않았어

나에게 수많은 상처를 남겨서
엄마를 너무나도 아프게 해서
나에게 용서받지 않고 멋대로 세상을 떠나서 싫어

어디서부터 잘못되었던 건지
이제 그런 건 다 의미가 없는 일이 되어버렸어

내가 마음이 더 넓은 사람이 되면
그때가 되면 용서할게

아빠에게.

나를 세상에 존재하게 해줘서 고마워요

함께 했던 짧은 시간,
아빠가 날 사랑했다는 것만은 기억해요

바르게 살아줘서 고마워요
엄마는, 사람들은 항상 아빠에 대해 좋게 말해줬어요
모두 좋은 얘기만 해줬어요
그래서 나는 기억에도 없는 아빠가 자랑스러워요

20년이 넘게 지났는데도 사람들은 아빠를 그리워하고 아파해요
그 사람들은 아빠 대신 나에게 사랑을 주었어요
그래도 아빠가 살아있었다면 훨씬 더 큰 사랑을 줬겠죠?

아빠 같은 사람이 되고 싶어요
나의 죽음을 진심으로 아파하는 사람이 아빠보다 많도록 살아가
볼게요

아빠의 목소리가 궁금해요

오랫동안 찾아가지 못해서 미안해요
마음의 여유가 없었어요

내가 죽고 나면 만날 수 있을까요?
보고 싶어요

사랑하는 엄마에게.

가혹한 삶을 버텨줘서 고마워요

아빠의 죽음을 이해도 못 하던
어린 나를세상에 살아갈 수 있게 해주어서 고마워요
나의 행복을 나보다도 간절하게 바라줘서 고마워요

나로 인해 아팠던 것 모두 다 미안해요

표현하지 못해서 미안해요
그래도 내가 아픈 모습은 계속 엄마에게 보여주지 않을 거예요

죽을 때까지도 갚을 수 없는 사랑을 주어서 고마워요
평생을 걸쳐 갚을게요

내 슬픔을 나보다도 아파해줘서 고마워요
엄마가 혼자 남을 생각에 나는 죽을 수 없었어요
엄마가 없었으면 나는 살지 못했을 거예요

나 이제 아프지 않아요
엄마도 나 때문에 아파하지 말아요
엄마가 행복했으면 좋겠어요

엄마의 목소리는 죽어서도 잊지 않을게요

사랑해요 엄마.

초보 작가의 이야기를 들어준 모든 사람들에게 감사드립니다.

읽는 이의 마음에 작은 울림이 있길 바라며.

저자 **박철영** 드림